KEITAI
SHOUSETSU
BUNKO
野いちご SINCE 2009

吸血鬼くんと、
キスより甘い溺愛契約
～チャラモテなイケメン先輩が、
私に一途な王子様になりました～

みゅーな＊＊

JN020481

◎ STARTS
スターツ出版株式会社

イラスト/Off

自分だけを愛してくれる
一途な王子様が理想だったのに。
わたしの前に現れたのは――。

「女の子は、みんな可愛いもんね」

理想とは、かけ離れた
とってもチャらい吸血鬼の先輩でした。

椋代透羽

×

小桜緋羽

女の子なら誰でもよくて
いろんな子に手を出してるくせに。

「可愛い……死ぬほど可愛い」

「……早く俺のものにさせて」

「緋羽ちゃんの可愛さぜんぶ――俺にちょうだい」

そんな甘いことばっかり言うの
ずるいですよ、先輩。

吸血鬼くんと、キスより甘い 溺愛契約

チャラモテなイケメン先輩が、私に一途な王子様になりました

登場人物

椋代 透羽
（むくしろ とわ）

緋羽の先輩で、女の子にモテモテな高校3年生の吸血鬼。誰とも契約しておらず色んな女の子から血をもらっていたが、緋羽に出会って一途になる。

小桜 緋羽
（こざくら ひう）

紅花学園に通う高校1年生の夢見がち美少女。王子様みたいな吸血鬼との運命の出会いを待っていたのに、チャラモテな先輩・透羽に気に入られてしまう。

紅花学園とは…
（こうか がくえん）

吸血鬼と人間が共存できる場所として、国が用意した学園。吸血鬼は能力が優れていることが多く、国も大事にしたい存在のため設立された。吸血鬼と"血の契約"を交わしていることが前提となる特待生制度がある。契約を交わした吸血鬼は契約相手の血しか飲めなくなる上、契約解除は学園で年に1回行われるイベントでしかできない。

神結 空逢
かみゆい そあ

紅花学園の生徒会長を務める高校
３年生の吸血鬼。透羽の友達で、
ちょっと毒舌。

漆葉 恋音
うるは このん

紅花学園の副生徒会長で、空逢
の契約相手。空逢には異常なほ
ど溺愛されている。

忽那 真白
くつな ましろ

緋羽と同じクラスの天然美少女な
友達。入学してすぐにイケメン吸
血鬼と契約した。

那賀 夢乃
なが ゆめの

高校３年生の人間の女の子。透
羽が緋羽と出会う前からの付き
合いで、透羽のことが好き。

☆

c
o
n
t
e
n
t
s

contents

第 1 章

軽い運命は信じない。

　一途で自分だけを愛してくれる――そんな理想の王子様に出会えたらいいなぁと思い始めたのが小学生の頃。

　いつか、白馬に乗った王子様が迎えに来てくれるんじゃないかって、ずっとずっと夢ばかり見ていたけど、それは叶うことなく――。

　わたし小桜緋羽は、この春から高校１年生になった。

　運命の出会いを探して、紅花学園に入学したばかり。

　ここの学園では、桜の校章とバラの校章をつけている生徒がいる。

　なぜ、ふたつに分かれているのかというと。

　桜の校章は人間である証拠。

　そして、バラの校章は――吸血鬼である証拠。

　そう、わたしが通っている紅花学園は、人間と吸血鬼が共存する特殊な学園なのだ。

　わたしは人間だから制服の襟元には、桜の校章がついている。

　吸血鬼は、人間よりも学力や運動能力に長けていて、国としても大事にしたい存在。

　だから彼らの血を絶やさないよう、少しでも人間と共存できる場所を作るために国が用意したのが紅花学園。

　国から特別に支援された学園なので、施設はかなり整っていて、自然と優秀でお金持ちな生徒が集まった。

　実際に吸血鬼は、人間のようにたくさんいるわけじゃないし。

　もし吸血鬼と出会っていたとしても、見た目だけでは判断(はんだん)できないらしい。

　入学初日は、正直吸血鬼が本当にいるなんてあまり信じられなくて。

　クラスメイトに何人か、バラの校章をつけている子がいたけど、見た目は人間とそんなに変わらなかったなぁ。

　吸血鬼って日光に弱いイメージだったけど、これは迷信(めいしん)なのかな。

　人間と同じように生活してるわけだから。

　そもそも入学したばかりのわたしが、どうしてこんなに学園のことをよく知っているのかというと。

　じつは、わたしのお姉ちゃんが紅花学園の卒業生なのだ。

　だから、入学したばかりだけど、この学園のことはいろいろ知ってる。

　あと、紅花学園では特別な制度があって。

　それが——吸血鬼と人間が血の契約(けいやく)を交わすことができる制度。

　血の契約を交わすと、吸血鬼は契約した人間の血しか飲めなくなって、他の人間の血を飲んだら死んでしまう。

　人間も、契約をした吸血鬼以外には血をあげられなくなるみたい。

　ちなみに紅花学園は全寮制(ぜんりょうせい)。

　寮は本来なら女子寮、男子寮と分かれているんだけど。

　特別寮と呼ばれるものもあって、そこは契約してる吸血鬼と人間の寮で、部屋はもちろん同室。

　契約をした吸血鬼と人間は、できる限り行動を共にしないといけない決まりがある。

　契約済みの吸血鬼は他の人間の血を飲めないため、契約してる人間が常にそばにいないと、いつ血が欲しくなるかわからないから。

　この学園では、そういうルールがあるみたい。

　おもに血の契約は、お互い想い合ってしてる吸血鬼と人間がほとんどらしい。

　血の契約、憧れるなぁ……。

　だって、自分が好きになった相手——吸血鬼と血の契約を交わせるなんて、とってもロマンティックじゃん。

　それに、ずっと好きな人のそばにいられるなんて、すごくいいなぁ。

　しかも、契約は一度したら簡単には解除できないらしいから。

　交わしたら、ずっと離れられない——運命的なもの。

　だからね、わたしも素敵な運命の相手を見つけて、契約して……なんて、夢を見て紅花学園に入ったんだけど……！

　入学して早くも２週間。

　運命的な出会いなんて、すぐに訪れるわけもなく。

　吸血鬼とそんなに関わることもないし、なんの変化もないまま、フツーに学園生活を送ってる毎日。

「はぁぁぁ……」

　わたしの運命の契約相手の吸血鬼くんは、どこにいるのですか……！

「ひ、緋羽ちゃん、どうしたの？」

　今わたしに話しかけてくれたのは、忽那真白ちゃん。

　入学式で、こんなに可愛い子いるんだって、わたしが気になって話しかけて友達になった子。

　ちなみに真白ちゃんは、なんともう契約をしてる。

「あっ、ううん！　なんでもないよ！」

「ほ、ほんとにほんと？」

　困り顔の真白ちゃんもすごく可愛いなぁ。

　女のわたしでも、思わず抱きしめたくなっちゃう。

　ほわほわしてて天使みたい。

「うんっ、ほんと！」

「よかったぁ。緋羽ちゃんが元気なかったら心配になっちゃうよ」

　見た目も可愛いうえに、性格もこんなに優しい真白ちゃんを、男の子が放っておくわけなくて。

「……まーしろ」

「ひゃっ……。と、音季くん、どうしたの？」

　ほら、出ました。真白ちゃんのことが、だいすきオーラ全開の男の子。

　わたしが目の前にいるっていうのに、お構いなしに真白ちゃんにギュッてしてる。

「んー……。真白が俺以外とたのしそーに話してるから。俺の真白なのに」

「うぅ……」

　今、真白ちゃんに抱きついてる男の子は、都叶音季くん。

　吸血鬼であり、真白ちゃんの契約相手でもある。

　紅花学園は中高一貫校で、中学からそのまま高校にあがった子と、わたしや真白ちゃんみたいに高校から入学してくる子がいる。

　契約相手なんてすぐに見つかるものじゃないのに。

　真白ちゃんは入学して早々に、運命の相手を見つけて契約してるし。

　ちなみに、契約した場合は学年が一緒なら同じクラスだし、席も隣でどこに行くのも一緒。

　それにしても、都叶くんの真白ちゃんへの懐きっぷりすごいなぁ。

　今も真白ちゃんに抱きついたまま、寝ようとしてるし。

「いいなぁ。真白ちゃんは契約できて」

「緋羽ちゃん可愛いから、すぐに素敵な相手と出会って契約できるよ！」

　自分だけを大切にしてくれて、これでもかってくらい溺愛してくれる王子様……早く現れないかなぁ。

　──お昼休み。

　いつもは真白ちゃんと一緒にお昼を食べるんだけど、今日は用事があるみたい。

　天気もいいし、中庭で食べようかなぁ。

　中庭は大きな噴水があって、いたるところに真っ赤なバ

ラが綺麗に咲いている。

　噴水のそばにベンチがあるので、そこでお昼を食べることに。

　ボーッと空を見上げながら、ひとりつぶやく。

「運命の相手が空から降ってきたらいいのに」

　そんなことぜったいありえないけど。

　このまま夢だけ見て、契約なんて憧れのまま終わっていくのかなぁ。

　まあ、そもそも契約できるケースのほうがレアみたいだから。

　やっぱりわたしには無縁なことなのかなぁ。

　そんなことを考えていたら、お昼休み終了まであと10分を切っていた。

　急いでお弁当を食べないと、次の授業に間に合わなくなっちゃう！

　なんとか食べ終わって、教室に戻る途中。

　建物の陰……死角になってるところから、何やら女の子の声がした。

　気のせい……かな。

「……んっ。や……」

　いや、気のせいじゃないみたい。

　声を我慢してる感じで、微かに聞こえた声はちょっと苦しそう。

　どうしよう。助けが必要な状態なのかな。

　声のするほうに、そろっと近づくと。

「い……たっ」

　えっ、痛いって言った？

　これは間違いなく緊急事態なんじゃ……！

　すぐに助けないと！

　慌てて死角になってるところを覗いてみたら。

　……っ!? な、何これ……！

　ケガをしてる女の子がうずくまってるかと思いきや。

　なぜか男女ふたりが抱き合ってる。

　背の高い男の人が、女の子の身体を壁に押さえつけて、首筋に顔を埋めてる。

「……もっと深く噛んでいい？」

「んっ、いいよ……っ」

　か、噛む？　えっ、この人たちいったい何して――。

「血の味……薄いね」

　もしかして吸血……してる？

　吸血鬼が人間の血を吸ってるところ、初めて見た。

　ということは、相手の男の人は吸血鬼……？

　すると、ずっと首筋に顔を埋めていた男の人が顔をあげたのが見えた。

「今日はこれくらいにするから、また誘ってよ」

　満足そうにフッと笑って。

　唇をペロッと舐めてるのが、すごく色っぽい。

　はっ……！　というか、こんなところで覗いてたのバレたらまずいんじゃ！

　音を立てないように、空気のようにその場を離れようと

した瞬間。

わずかに男の人と目が合った……ような気がする。

えっ、うわ、どうしよう……！

とりあえず目が合ってないことにして、ダッシュで逃げちゃおう！

ほんとに一瞬だったし、相手もわたしの顔なんて見てないだろうし！

それに、紅花学園は敷地も広くて生徒の数も多い。

だから、もう二度と遭遇することは、ない……はず！

──放課後。

「緋羽ちゃん、また明日ね」

「うん、また明日！」

真白ちゃんは特別寮だから、一緒に帰れないんだよね。

特別寮は、わたしがいる女子寮とはかなり離れたところにあるから。

教室を出て、廊下を歩いていると。

真横を通った教室の扉が急に開いた。

中から出てきたのは女の子。

なぜかブラウスが若干乱れてるし、それにネクタイを結んでる最中みたい。

チラッと見る限り、あきらかに使われていない感じの空き教室っぽそう。

もしかして、ここで着替えてたとか？

すると、何やら教室の中から音がする。

　あれ……中にもうひとり——。

「ありがとね。今日も相手してくれて」

「透羽くんになら、いつでも血あげるからまた誘ってね♡」

　なんとびっくり。女の子に続いて教室から出てきたのは、お昼休みに吸血してた男の人だった。

　1日で二度も偶然会っちゃうもの……!?

　はっ……というか、よく見るとお昼休みに一緒にいた女の子とは、また違う女の子のような。

　でも契約してる吸血鬼なら、契約相手の人間の血しか飲めないはずだけど。

「それじゃ、わたし用事あるから帰るね〜」

　女の子が制服を直して足早に去っていった。

　思わず立ち止まって、ふたりの会話を聞いちゃったけど……！

　ま、まずい……。別に覗いてたわけじゃないけど。

　さっきの女の子の言動からして、おそらくこの教室の中で吸血行為をしてたんじゃ。

　わたしも素知らぬ顔で何もなかったように、去ろうとしたんだけど。

「あ、キミ。お昼休みも覗いてた子だ」

「……!?」

　ど、どうしよう！　急に手つかまれちゃったし、覗いてたことバレてるし！

「お昼休み、俺が吸血してたとこ見てたでしょ？」

「ち、違うんです。偶然通りかかってしまって」

「……で、今回も偶然通りかかって覗いてしまったと」

「覗いてません！」

　全力で否定するためにパッと顔をあげて、これまたびっくり。

　お昼休みのときは少し距離もあったし、顔があまりはっきり見えなかったけど。

　明るめの茶色の髪は軽くセットされていて、目鼻立ちがくっきりしてる。

　それに顔がものすごく小さい。

　にこっと笑ってる顔が爽やかで、耳元でキラッと光るピアスが似合ってる。

　スタイルが良くて背も高い。

　見るからに、女の子にモテそうな要素しかない。

　まさに、誰もが理想とする王子様……といってもいいくらい顔のパーツがどれも完璧。

　それに、ネクタイを見ると──バラの校章をつけていた。

　やっぱり吸血鬼なんだ。

「どうしたの。俺の顔ジーッと見つめて」

　わたしの目線に合わせて、すくいあげるように顔を見てくる。

　こんなに整った顔の王子様に至近距離で見つめられて、ドキドキしないわけがない……！

「なっ、ぅ……」

「顔真っ赤にしちゃって。かわいー」

　両頬を大きな手で包み込まれて、目線が上にあがる。

　絡む視線に、心臓はドキドキ音を立てるばかり。

「キミも俺に血くれる？」

　フッと笑いながら、わたしの髪を指ですくって、そのまま髪に軽くキスをしてる。

「……ちょっと甘い匂いしてるし」

「甘い、匂い……？」

「そう。キミの甘い血の匂いね」

　口角をあげて笑ったときに見えた──鋭そうな八重歯。

　それに、物欲しそうにこっちを向く瞳。

「……せっかくだから、甘いのちょうだい」

　慣れた手つきでネクタイがゆるめられて、ブラウスのボタンを外されて。

　首筋を軽く舌で舐められて、鋭い八重歯が皮膚にわずかに触れてる。

「噛むからじっとしてないと痛いよ？」

「ちょ、ちょっと待ってください……！」

「もしかして、もう契約してるとか？」

「し、してない……ですけど」

「じゃあ、どうして拒否するの？」

　そもそも、学年も名前も知らない初対面の相手なのに。

　それに、血をあげる行為は契約してる同士ができる、特別なものだと思ってるから。

「わたしは契約した吸血鬼にしか血をあげたくない……です」

「へぇ。じゃあ、俺みたいないろんな女の子から血をもらっ

てる吸血鬼には、あげたくないってことだ？」

　はっ……。そういえば、お昼休みといい今といい……不特定多数の女の子から血をもらってるじゃん。

　わたしが理想としてる一途からは、かなりかけ離れてるような。

「なんで複数の女の子から血がもらえるんですか」

「だって、俺は契約してない吸血鬼だから。人間の血なら誰でも飲めるんだよ。まあ、可愛い女の子限定だけど」

　し、信じられない……！　ようは、相手は誰でもいいってことでしょ？

「女の子は、みんな可愛いもんね」

　こんなチャラチャラしたの、ぜったいやだ……！

「それに、俺は契約には興味ないから。ひとりの女の子に限定するより、いろんな女の子から血もらえるほうが愉しいし」

「あ、ありえないです！」

　いくら顔が良くても、女の子誰でもウエルカムみたいなタイプは、ぜったいお断り！

　こんなチャラチャラした吸血鬼を王子様みたいでかっこいい！って思ったの撤回！

「せっかく甘そうな血なのに、もらえないの残念」

「ちっとも残念そうに見えないです！」

　舐められた首筋をゴシゴシこすって、ブラウスのボタンを留めると。

「キミみたいなタイプも珍しいなー。みんな俺が声かけた

ら、よろこんで噛ませてくれるのに」

「女の子がみんな、あなたみたいなイケメンにときめくと思ったら大間違いです!」

「わー、俺のことイケメンって思ってくれてるんだ?」

「見た目だけです! 中身はありえないです!!」

　一途な王子様どころか、手慣れたチャラチャラ王子様にしか見えない!

「あ、そーだ。せっかくだから、名前教えてよ」

「いやです!」

「俺は3年の椋代透羽です。はい、キミは?」

「知らない相手には名前教えちゃいけないので」

「ふっ、何それ。小学生じゃないんだから」

　怪しげにジーッと見ても、相変わらず胡散臭そうな爽やかな笑顔を貼りつけてるし。

「じゃあ、今すぐ俺に名前教えるのと、俺にキスされちゃうの、どっちがいい?」

「どっちも拒否です!」

「それはダメだなあ。それじゃ、俺も遠慮しないよ?」

　グイッと腕を引かれて——力に逆らえないまま、空き教室の中に連れ込まれてしまった。

　雑に扉が閉められて、ガチャッと鍵がかけられた音。

　両手を扉に押さえつけられて、脚の間に先輩の長い脚が入り込んできてる。

「名前教えてくれる気になった?」

「ずるいです」

「それともキスされたい？」

　グッと顔を近づけてきて……唇が触れるまで、あと数センチ。

　こんなチャラチャラした先輩に、ファーストキスを奪われちゃうの……やだ。

　それに、こうしてかかわるのは今日が最後だろうから。

「小桜、緋羽……です」

「緋羽ちゃんっていうんだ？　可愛い名前だね」

　ちゃんと名前言ったのに、全然離してくれない。

「ちなみに漢字はどうやって書くの？」

「緋色の"緋"に、羽です」

「ちなみにね、俺も名前に羽が入ってるんだよ」

「そ、そうですか」

「名前に同じ羽が入ってるなんて運命だね」

「運命じゃないです！」

　キリッと睨んだつもり。

　なのに、先輩は相変わらず余裕そうに笑ったまま。

「さっきも思ったけどさ。緋羽ちゃんものすごく可愛いよね。今の上目遣いとか結構くるんだけど」

　先輩の綺麗な指先が顎に触れて、親指で唇をふにふに触ってくる。

「そんな可愛い顔して。俺のこと誘ってるの？」

「やっ……ぅ……」

　そのまま、頬に軽くキスが落ちてきた。

　一瞬だったけど、ものすごくやわらかい感触。

「今日は、これくらいで抑えてあげる」

　　もうこれ以上かかわるつもりないのに。

　　ぜったい逃がさないって瞳で見つめられて。

「これって運命の出会いだったりするかもよ？」

　　こんな軽い運命は、運命じゃない……！

理想とかけ離れた王子様。

　とんでもないチャラチャラした吸血鬼の先輩と出会って数日が過ぎた。

　あの日から、特に椋代先輩とかかわることはないまま。

　何が運命の出会いだぁ……？　あんなチャラチャラした先輩、二度と会いたくない！

　ぷんすか怒（おこ）りながら、お弁当を食べてると。

　正面に座ってる真白ちゃんが心配そうな顔をしてる。

「えっと、何かあったのかな？　わたしでよかったら話聞くよ？」

　あぁ、今日も天使な真白ちゃん。

　首を傾（かし）げて、キョトンとしてるのが可愛いなぁ。

「契約してる真白ちゃんが羨（うらや）ましいよ～！」

　もはや、これわたしの口ぐせになってるような。

「緋羽ちゃんもきっとすぐにできるよ！　誰か素敵な相手いそうかな？」

　素敵な相手……。

　ボンッと思い浮かぶ椋代先輩の顔。

　いや、先輩は素敵どころか、不真面目（ふまじめ）でチャラチャラだから違う！

「誰もいなくて困ってるよ～！　真白ちゃんと都叶くんみたいに、ビビッと運命感じるような出会いないよ～」

「わ、わたしと音季くんは運命とか、そんなのじゃ……」

「えぇ〜、だって出会った瞬間に契約してるのに！」

「え、えっと、緋羽ちゃんはクラスメイト以外の吸血鬼とは出会ったの？」

「出会ってな──」

　いや、出会ってるけど！　でも、椋代先輩は出会ったにカウントしちゃいけないような。

「緋羽ちゃん？」

「で、出会ってないよ〜！　これから出会えるのかな〜！　わぁ、楽しみ！」

　えぇい、もうあんな先輩のことなんか忘れてしまえ！

　そうだよ、出会ったこと自体なかったことにしちゃえ！

　──と思った矢先。

「えっ、うそ……」

　放課後。下駄箱に向かっている廊下の途中にて。

　目立たない隅っこで、うずくまっている──見覚えのある後ろ姿。

　ま、まさかね。また会っちゃうなんて、そんなデジャヴある？

　後ろ姿が、ものすごーく椋代先輩に似てるから、声をかけるか迷うけど。

　うずくまっているってことは、もしかしたら体調が悪いとか……？

　だとしたら放っておけないし。

「あの、大丈夫ですか？」

　そっと近づいて、肩を軽くポンポンすると。

「……あれ。緋羽ちゃんだ」

　ひぃ……！　やっぱり見覚えあると思ったら椋代先輩じゃん！

　親切心が働いて、思わず声をかけたことを数秒で後悔してる。

「す、すみません。人違いでした、失礼します！」

「いやいや、ちょっと待って。俺のこと気遣って声かけてくれたんでしょ？」

　逃げようとしたら、手をつかまれちゃうし。

「心配だったので声かけましたけど！　先輩だったので今すぐ立ち去りたいです」

「ははっ、ひどいなー」

　平気そうな顔してるけど。

　無理して笑ってる……ような気がする。

　それに、ずっと座り込んだままだし。

　心なしか顔色も悪いし、少し汗をかいてるし。

「本音を言うなら、このまま先輩のこと放っておきたいですけど」

「けど？」

「顔色があまり良くないので心配……です」

「そっちが本音でしょ？　わー、素直じゃない緋羽ちゃん可愛いなー」

「んなっ……！　そんなこと言える元気あるなら──」

　つかまれた手をグッと引かれて。

　グラッと揺れた身体が、先輩のほうへ倒れかかった。

「……元気ないよ。どうしたらいい？」

　ギュッと優しく抱きしめられて。

　甘い香水のような匂いが、ふわっとする。

「だ、大丈夫ですか？」

　耳元で聞こえる呼吸が苦しそうで浅い。

「んー……。血が足りなくて死にそうかな」

　つまり、いま先輩は血が欲しいの？

　だったら、女の子に助けてもらえばいいのに。

　どうせ先輩に血をあげたいと思う女の子は、たくさんいるだろうし。

「じゃあ、誰か女の子に声かけたらどうですか」

「今かけてるんだけどなー」

「わたしは嫌です、先輩に血はあげないです」

「えー。じゃあ、俺このままぶっ倒れるのかな」

　冗談っぽく言ってるけど、ほんとに体調悪そう。

　もし、ここでわたしが知らん顔して見過ごして、悪化したら気分悪いじゃん。

　ここでふと、この前あった特別授業の内容を思い出した。

　紅花学園では特殊な授業もあって、契約している生徒だけが受けたり契約していない人間と吸血鬼が受けたりする特別授業というものが存在する。

　最近、契約していない人間のみの特別授業で、吸血鬼についてのことを勉強したばかり。

　吸血鬼が万が一のときに備えておくといいと言われてい

る、血の成分が配合されたタブレットがあることを思い出した。

　吸血鬼は、契約してるしてない関係なしに、何かあったときのためにタブレットを常備してないとダメって。

　ちなみに、吸血鬼と契約している人間も同じものを持っているみたい。

「先輩、タブレットはどうしたんですか！」

「あー……。あれいま切らしてるんだよね」

　四角い透明のケースがポケットから取り出されて、中身は見事に空っぽ。

「ダメじゃないですか、切らしちゃ」

　タブレットを飲むと吸血したときと同じ状態になるらしくて、吸血鬼にとってのライフラインになる大切なものなのに。

　それを切らしてるとは何事ですか。

「どうしたらいいですか、緋羽ちゃん」

「どうしようもないです」

「苦しいです、緋羽ちゃん」

「じ、自業自得です」

　もう……いったいどうしたらいいの！

　先輩は、ここから動けそうにないし、苦しそうだし。

　保健室に行けば、タブレットもらえるかもだけど。

　先輩の身体がグタッとなってて、今にも意識が飛んじゃいそう。

　それに、さっきよりも顔色がひどくて真っ青。

　こんな状態で放っておいたら、ほんとに危なそう。

　だから。

「す、少しだけ、なら……」

「ん……？」

「少しなら……血あげます」

　ほんとは、契約した相手にしかあげたくないけど。

　緊急事態だから、やむを得ない。

　それに、血をあげるだけで契約するわけじゃないし。

　少しくらいなら、人助け……ならぬ吸血鬼助けだと思う
しかない。

「……ほんとにいいの？　俺にはあげないってあんな強く
言ってたのに」

「だって今にも死にそうな顔してるじゃないですか」

「うん、死にそうだからね」

「こんなに弱ってる先輩を放っておくのは、さすがに可哀
想……かなって」

　控えめにじっと見つめて言ったら。

　なんでか頭を抱えちゃってる先輩。

「……それ、俺以外の吸血鬼に言っちゃダメだから」

　ネクタイがシュルッとほどかれて。

　ブラウスのボタンを上から２つ外されて。

「……ほんとに噛んでいいの？」

「いい、ですよ」

　吸血行為とかしたことないから、ほんとはちょっと怖い。

　どれくらい痛いのかなとか、血を吸われたらどうなるの

かなとか。

経験したことないから、ぜんぶわかんないことばかり。

「少し痛いかもしれないけど」

思わず先輩のブラウスをギュッとつかむと。

その手をさらっと取ってつないでくれる。

「い、痛いの……怖いです」

「……なるべく緋羽ちゃんの身体に負担かけないようにするから」

身体を密着させて、わたしの首筋に顔を埋めてる。

唇が軽く触れただけで、くすぐったく感じる。

……のに、舌でツーッと舐められて、もっと変な感じがしてる。

「……やわく噛むから」

鋭い八重歯がチクッと皮膚に触れて──そのまま深くグッと入り込んできた。

「ぅ……っ」

八重歯が入り込んでくる瞬間が、いちばん痛い。

つないでる手にギュッと力が入ると。

「……痛いね、ごめんね。俺の手、強く握っていいから」

「っ……ん」

熱い唇が首筋に触れて、血を吸われてるのがわかる。

吸血されてるときって、こんなに気分がふわふわするの……っ？

身体全身から何か吸い取られていくみたいに、ちょっとずつクラクラしてくる。

　頭の芯から溶けちゃいそうで、自分をうまく保てなくなっちゃう。

「あー……やば。緋羽ちゃんの血甘すぎ」

「ぅ……んん……」

　やだやだ、変な声が漏れちゃう。

　でも、うまく抑えられなくて。

「……久々にクラッときたかも」

　さっきよりも、もっと深く噛んで……すごく血を吸われてる。

　ちょっとって言ったのに、全然止まってくれない。

「こんな甘いの……もっと欲しくなる」

「や……っ」

　クラクラしてるのは、貧血に近い状態……かも。

　自分で身体を支えることが難しくなって、力がグタッと抜けきっちゃいそう。

　次第に、まぶたが重くなってきて──プツリと意識を手放した。

　次に目を覚ましたときに、真っ先に視界に飛び込んできたのは真っ白の天井。

　背中に感じるやわらかい感触と、鼻にツンとくる独特な匂い。

　もしかして、ここは保健室……？

　あれ、でもわたしなんでベッドで寝てるんだろう。

　意識を失う前の記憶をたどろうとしたら。

「目覚めた？」

「……？」

「寝起きの緋羽ちゃんも可愛いなー」

「……っ!?」

　な、なななんで椋代先輩が一緒にベッドで寝てるの!?

　すぐさま先輩と距離を取ろうとしたのに。

「暴れちゃダーメ」

「ひゃっ……。どこ触ってるんですか！」

「んー？　口にしていいの？」

　わたしの腰のあたりに腕を回して、逃がさないように
ギュッと抱き寄せてきてる。

「なんでこんなことに……！」

「貧血かな。夢中になって、たくさん飲んじゃった」

「ちょっとだけって言ったじゃないですかぁ……！」

「だって、緋羽ちゃんの血が他の子より特別に甘いから」

　ほんとは、もっと怒りたいけど。

　先輩の顔色を見る限り、さっきよりはだいぶ良くなって
るみたいだから。

「うぅ……もういいです。先輩が元気になったなら」

「ごめんね。貧血になるまで飲んじゃって」

「今回だけ特別です」

「緋羽ちゃんは優しいね」

　ちょっとだけ抱きしめる力を強くして。

　わたしの腰とかお腹のあたりに触れて、優しく撫でてく
れてる。

「無理させちゃって、ほんとにごめんね」

「だ、大丈夫です」

　それにしても……。さっきから先輩との距離が異常に近いような気がするんだけども！

　男の人に免疫がまったくないせいで、こうして同じベッドの上で抱きしめられたら、ドキドキしないわけない……っ！

「心臓の音すごいね」

「先輩が抱きしめるから、です」

「男に慣れてないの？」

「ない、です……」

「へぇ……緋羽ちゃんこんなに可愛いのに。俺だったら放っておかないよ」

　またそんな女の子が胸キュンしそうなことさらっと言うの、ずるいですよ先輩。

「男を知らないなら——俺が教えてあげたくなる」

　優しい手つきで頬を包み込まれて、先輩がとってもワルイ顔で笑ってる。

「や、やです……」

「それは傷つくなー。緋羽ちゃん俺のこと嫌い？」

「嫌いというか、チャラチャラしたのが苦手です」

　誰にでも愛想よくて、好かれるのはいいことかもしれないけど。

　もし、自分の好きな男の子が、女の子みんなにいい顔してたら、それはやだ。

「緋羽ちゃん俺に冷たいねー。運命の相手なのに」

「勝手に運命の相手にしないでください！」

「じゃあ、俺が立候補して当選したってことで」

　何それ、選挙じゃん……！

　さっきまであんなに元気なさそうにしてたのに、今ピンピンしてるし！

「せっかくだから俺と契約しよっか」

「しません、調子に乗らないでください！」

「えー。契約したら、俺とずっと一緒にいられるのに？」

「別に先輩と一緒にいたくないです！　それに椋代先輩は契約に興味ないって——」

「あ、その呼び方ダメでしょ。ちゃんと"透羽先輩"って呼ばないと」

「は、い……？」

「呼ばないなら、緋羽ちゃんの可愛い唇にキスしちゃおうかなー」

「ふざけないでください！」

「ふざけてないよ、大真面目」

　いきなり身体を起こして、真上に覆いかぶさってきた。

　顔は笑ってるのに、呼ばなかったら本気でキスするって瞳で見てる。

　またしても先輩の思い通りになるのは、やだ……けど。

　女の子の扱いに慣れてる先輩にキスされるのは、もっとやだ。

　だったら。

「やめてください……透羽、先輩」

　唇を人差し指でバッテンして、ブロックしたら。

「ん、いい子。これからもそうやって呼ぶんだよ？」

　満足そうに笑って──ブロックをかわすように、頬に軽くキスが落ちてきた。

「緋羽ちゃんが可愛いからしちゃった」

「っ!?」

　わたし、なんだかとんでもない吸血鬼の先輩に絡まれてしまったみたいです。

甘い仮面には騙されない。

　季節は早くも春に終わりを告げて、緑が生い茂る5月に突入した。

　相変わらず運命の契約相手との出会いがないまま、1ヶ月が過ぎてしまった。

　この調子じゃ、気づいたら契約できずに卒業ってパターンもありえちゃいそう。

「はぁぁぁ……どこにいるんですか、わたしの王子様～」

　なんて、こんな嘆きは誰にも届くことはない。

　よしっ、気持ち切り替えて学園に行く準備しよ。

　まだ紅花学園での生活は始まったばかりだし！

　気分をあげて支度を進めたおかげで、少し早い時間に寮を出ることができた。

　いつもの女子寮と、なんら変わりないはずなのに。

　今日は、なぜか異常なくらいに女の子たちの叫び声とか、話し声が大量に聞こえてくる。

　それに、寮の外で女の子たちが集まって、人だかりのようなものができてる。

　んんん？　これは、いったい何ごと??

　人だかりの中心にいる人物を見て、ギョッとした。

「透羽せんぱーい！　おはようございます！　今日もかっこいいですねっ」

「ありがとー」

「透羽先輩っ。今日よかったら放課後、一緒に遊びませんかっ？」

「ごめんね、今日は用事あってさー」

　お、恐るべし椋代透羽……。

　女の子の扱いに慣れてるから、モテるだろうなとは思っていたけど、まさかここまでとは。

　すさまじい人気……女の子たちみんな目がハートになってるよ。

　というか、なんで先輩はここにいるんだろう。

　女子寮と男子寮は何かあるといけないからって、結構離れた場所にあるのに。

　まあ、わたしには関係ないことだし、ささっとこの場を通り抜けちゃおう。

　極力、気配を消したつもりだったんだけど。

「あ、緋羽ちゃーん」

　えっ、うそ、気づかれた!?

　あんなに女の子たちに囲まれて、ちやほやされてるから、ぜったい気づかないと思ったのに。

　女の子たちを華麗にスイスイかわして、わたしのほうに近づいてきてるし！

　女の子たちみんな、いっせいにこっち睨んでるし！

　ひぃぃ……みんな顔怖いよ……!!

　慌ててダッシュで逃げようとしたけど、時すでに遅し。

　胡散臭い爽やかな笑顔で、わたしの前にやってきた透羽先輩。

「緋羽ちゃん、おはよ」

　ジーッと睨んでみると。

「おっと。せっかくの可愛い顔が台無しだよー？」

　ものすごく注目を浴びてるのに、お構いなし。

　おまけに周りからは。

「透羽先輩が自分から声かけに行ってるよ！　ふたりって付き合ってるのかな!?」とか「えー、透羽先輩ついに本命ひとりに絞ったの!?」とか「もう遊んでもらえなくなるの残念すぎる〜」とか……。

　うぅぅ……別に付き合ってないし、本命絞ってないだろうし、なんならきっとまた遊んでもらえるから、変な噂流さないで！

「あれかな、緋羽ちゃんは朝が弱いの？」

「弱くないです」

「じゃあ、どうしてそんな不機嫌そうな顔してるの？」

　透羽先輩に会ったからですよ、なんて言ったら周りにいる女の子たち……いや、学園にいる全女子を敵に回すことになりそう。

「それじゃ、緋羽ちゃんを特別扱いしてあげる」

　え、えっ？　いや、別にしなくていいし！

　……って、止める前に、わたしの左手をスッと取って。

　これだけでも、周りがざわっとしてるのに。

「お迎えに来ましたよ、お姫さま」

　わたしの手の甲に、チュッとキスを落としてきた。

　その瞬間「キャー!!」って叫び声……というか、悲鳴の

ようなものが響き渡った。

「どうせなら、お姫様抱っこしてあげよっか？」

　な、ななな何しようとしてるの……!?

　もう、こんな目立つようなことやめてよぉ……！

「け、結構です！　お姫様を探してるなら、他を当たってください！」

「俺は緋羽ちゃんがいいのに」

　左手をグッと引かれて、なぜかそのままつないでくる。

「はい、じゃあこのまま俺と一緒に登校しようね」

「や、やです！」

「緋羽ちゃんに拒否権ありません」

　なんて強引な……。

　先輩が目立つようなパフォーマンスしてくれたせいで、わたし間違いなく女子たちからの袋叩きコースまっしぐらだよ。

「先輩……！　手、離してください！」

　学園が近づいてくると生徒の数も増えるから、早くこの手をどうにかしたいのに。

　いっこうに離してもらえず。

「いいじゃん。俺、緋羽ちゃんの彼氏だし」

「いやいや、いつからなったんですか!?」

「出会った瞬間から」

「寒いこと言わないでください」

　相手にしてたら、ますます変な噂が立っちゃいそう。

　かといって、手をつながれてるせいで逃げられないし。

「じゃあ、緋羽ちゃんの理想のタイプは？」

「一途で自分だけを想ってくれる、真っ直ぐで、チャラチャラしてない真面目で素敵な王子様がいいです！」

「それ俺のことかなー」

「透羽先輩とは正反対です！」

　あれから、なんとか教室に着いた。

　1年生と3年生だと教室があるフロアが違うので、透羽先輩とは下駄箱で別れた。

　はぁぁぁ……なんだか朝からいつもの100倍くらい疲れたよ。

　それもこれも、ぜんぶ透羽先輩のせいだ！

「緋羽ちゃん、おはよう。ちょっと疲れてるみたいだけど大丈夫かな？」

「あぁぁぁ、エンジェル真白ちゃん！」

「えぇ、エンジェル!?」

　ギューッと真白ちゃんに抱きつくと、甘くていい匂いするなぁ。

「わたしの癒しは真白ちゃんだけだよ〜」

「そんなそんな。何かあったの？」

「ううん。別に何もないよ！」

「あっ、そういえば、今朝女子寮のほうから悲鳴みたいなのが聞こえたって、さっきクラスメイトの子たちが話してたけど」

　ひぃぃぃ……。もうすでに真白ちゃんの耳にまで届いて

るの!?

「緋羽ちゃんは何があったか知ってる？」

「さ、さあ？　虫でも出たんじゃないかな！」

「あっ、なるほど。たしかに虫はちょっと怖いもんね」

「うんうん！」

　真白ちゃんが天然で助かったぁ……。

　休み時間。

　担任の楢橋先生に用事があって、職員室に行く途中。

「あら、この前は大丈夫だったかしら？」

「あっ、はい！　大丈夫です！　いろいろとありがとうございました！」

　いま声をかけてくれたのは、養護教諭の高嶺先生。

　特別授業の担当をしている先生でもある。

　前に透羽先輩に血をあげて貧血で倒れたときに、血をたくさん作る促進剤を点滴してもらった。

「急な貧血を起こす子は結構多いのよね。特に女の子は体調の変化が激しいのもあって、ちょっとしたことですぐに体調を崩しちゃうこともあるから。小桜さんも気をつけるようにね」

　そういえば真白ちゃんがここ最近、貧血になることが多くて、よく保健室に行ってるような。

「あの、吸血鬼に血をあげると、よく貧血になったりするんですか？」

「そうねぇ。その子の体質にもよるけれど。契約している

吸血鬼が血を多く欲しがるタイプなら、たくさん吸われる
から貧血の症状が出ることもあるだろうし」

「なるほど……」

「そういえば、小桜さんは契約してるのかしら？　この前、
貧血で倒れたのは吸血鬼に血をあげたからよね？」

「い、いえ……。今にも死にそうな顔してたので、血をあ
げただけです」

「そうなのね。小桜さんの血がその吸血鬼にとって、すご
く特別に感じたから、貧血になるまで吸われちゃったのか
しら」

「ど、どうなんでしょう……」

「普通の吸血鬼は、特定の人間の血が特別に感じることは
ないんだけど。ごくまれに特別に感じて、その人間の血し
か受けつけない吸血鬼がいるって聞いたことあるわね」

　透羽先輩は、ぜったいにそれはなさそう。

　だって、女の子の血なら誰でもいいだろうし。

「今後もし契約するのなら、自分の身体を大切にすること
がいちばんだからね」

　わたしが契約するのは、まだまだ先の話だろうし。

　そもそも、契約する相手の吸血鬼がいないし。

　──放課後。

　いつもどおり帰る準備をして、下駄箱のほうへ行ってみ
ると。

　またしても見覚えのある姿を見つけて、すぐさま身を隠

そうとしたんだけど。

「やっと来た。待ちくたびれちゃったよ」

　壁にもたれかかって、誰かを待っているであろう透羽先輩がいた。

「今朝ぶりだね。ほんとはさ、緋羽ちゃんに会いたくて教室まで行っちゃおうかと思ったけど」

　あっという間に、わたしの目の前に立ってる。

　これじゃ逃げられないじゃん。

「なんでここにいるんですか」

「緋羽ちゃんと一緒に帰ろうと思って待ってました」

「わたしは、ひとりで帰る予定です！」

「えー、遠慮しなくていいよ。俺が送ってあげるから」

「してません！」

　ほら、またこんなふうに話してるだけで、女の子たちがヒソヒソしてるし！

　先輩を無視して、ローファーに履き替えて、ひとりでスタスタ歩いていくけど。

「相変わらず冷たいなー。俺のこと置いていかないでよ」

　歩幅が違いすぎて、すぐに追いつかれちゃう。

　ひょこっと顔を覗き込んでくるけど、プイッとそらして無視。

　これくらい冷たくしたら、諦めてくれると思ったのに。

　何も言わずに、急に手を握ってきた。

　びっくりして、その手を振りほどこうとしたのに。

　そのまま、人目のつかない建物の陰へ連れて行かれた。

　真後ろは壁で、目の前は先輩の大きな身体が覆ってる。
「な、なんで、こんなところ連れて——」
　いきなり先輩の身体がふらっとして、わたしのほうに倒れてきた。
　えっ、今度はなに？
　まさか、また血が足りなくて倒れそうになってるの？
「と、透羽先輩？」
「……」
　なんで黙るの！　喋れないほど急に体調悪くなったの!?
「どうしたんですか？　また体調悪いんですか？」
　問いかけても無視。
　ふらついて倒れてきてから、ずっとわたしに抱きついたまま。
　ほんとは、このまま隙を見て逃げ出したいけど。
　こんな状態の先輩を放っておくことはできないし。
「せ、先輩？」
　喋るのもつらいくらい急に悪化してるの？
　何か反応してくれないと少し不安になる。
　だって、もしこのまま先輩が倒れちゃったら——。
「……つかまえた」
　ん……？　んんん……??
「もう逃がさないよ」
　あれ、今ずいぶん元気そうな声が聞こえたような。
「ここなら、ふたりっきりで誰にも邪魔されないね」
　恐る恐る透羽先輩の顔を見ると……なんとも愉しそう

に、本領発揮したような顔で笑ってるではないですか。

「だ、騙したんですか……！」

　一瞬でも心配した気持ちを返してほしい。

「人聞きの悪い。お芝居しただけだよ」

「それを騙したって言うんです！」

　ぬうぅ、まんまと人がいないところに連れ込まれちゃったじゃん。

「さて、今から何しよっか」

「何もしません、帰ります」

　先輩が壁にトンッと手をついて、逃がすわけないでしょって顔で見てる。

　距離感がおかしいくらい、ものすごく間近で先輩がジーッと見つめてくるから。

「ねぇ、緋羽ちゃん。甘いのちょうだいよ」

「甘いの……ですか」

「そう——とびきり甘いやつ」

「えっと、飴なら持ってますけど」

　こんなところに連れ込んで、いきなり甘いものが欲しいって言いだすのよくわかんない。

「……違う。緋羽ちゃんのあまーい血が欲しいな」

　ニッと笑いながら悪びれた様子もなく、わたしのネクタイに指をかけてる。

「やっ、ダメ……です」

「どうして？　前みたいにちょーだいよ」

「前は先輩が死にそうな顔してたから……っ」

「じゃあ、今も血が足りなくて死にそうって言ったら？」

　うぅ……グイグイくる先輩のペースに、うまいこと引きずり込まれていっちゃう。

「知らない……です」

「薄情だね」

　なんとかストップをかけようとしても、先輩の手は全然止まってくれない。

「血が欲しいなら、他の女の子にもらったらいいじゃないですか」

　これ正論だよ。

　そもそも透羽先輩はずっと前から、複数の女の子に血をもらってたんだから。

　わたしじゃなくてもいいじゃんって。

「緋羽ちゃんのが欲しいんだよ」

　これでもかってくらい、とびきり甘い顔してねだってきてる。

　ぜったい流されたくないのに。

　さらに堕としにかかるように、そっと耳元で——。

「……緋羽ちゃんからもらった甘い血が忘れられない」

「っ……」

「……ダメ？」

　心臓が、ちょっとおかしい。

　バクバク異常なくらい響いてる。

　これは透羽先輩にドキドキしてるんじゃなくて……男の人と、こんな距離でいることにドキドキしてるだけ……の

はず。

「じゃあ、今すぐ俺と契約するか、血を吸われるのどっちがいい？」

「なっ、えっ？」

　いや、それ結果的にどっちも血あげないといけないじゃん……！

「考える時間あげる」

「ど、どっちも——ひゃっ……」

　スカートの隙間をくぐり抜けて、太もものところに先輩の手が触れてる。

「……知ってる？　こうして身体を触ってあげると、血がもっと甘くなるんだって」

「ぅ……やっ、知らない……っ」

　ささやくように、鼓膜を揺さぶって。

　空いてるもう片方の手は、器用にブラウスのボタンを外してる。

「ダメ、です。スカートから手抜いて……っ」

「そんな誘うような顔してたら逆効果だよ」

　強引に攻めてくるくせに、触れ方がすごく優しいから、ずるい……。

　透羽先輩からしたら、こんなの容易いこと。

　反対に、わたしは全然経験なくて、ちょっと触られただけで余裕ないのに。

「やぁ……ぅ……」

「……その声そそられる」

　首筋に舌がツーッと触れて、なぞってくる。

「甘い匂い……たまんないなー……」

「あ、ぅ……っ」

　触れられてるせいで、ちょっと身体が熱い。

　先輩の唇の熱を肌に直接感じて、なんともいえない感覚に襲われる。

「ねぇ……緋羽ちゃん、ダメ？」

　甘くて、ずるいささやき。

　ダメって言わせないような聞き方。

「緋羽ちゃんが本気で嫌なら、俺のこと突き飛ばして」

　ずるいよ、ずるい……。

　散々甘いことされて……抵抗できる力なんか残ってないのわかってるくせに。

　ギュウッと先輩のブラウスを握ると。

「……やわく噛むね」

「っ、ぅ……」

　この前、吸血されたときと同じ痛み。

　鋭い八重歯が肌にチクッと刺さって、少しずつ入り込んでくる。

　でも、前よりちょっと痛みは鈍い……かも。

「……あま」

「ぅ……あんまり吸わないで……っ」

「……甘すぎてうまく抑えらんない」

　チュッと音を立てて、血を吸われてるのがわかる。

　前は一気に吸ってたけど、今はゆっくり少しずつ。

　血を吸われてるのと、先輩の唇が触れてるのとで、身体がゾワゾワしてる。

「もっと俺にしがみついていいよ」

　気分がふわふわして、頭がポーッとして。

　身をゆだねるように、先輩にギュッと抱きつくと。

「……素直な緋羽ちゃんも可愛い」

　同じくらいの力で抱きしめ返して、わたしの背中を優しくポンポンしながら。

「俺の理性が正常なうちに止めないと……ね」

　最後に噛んだところを軽くペロッと舐めて。

　そんなにたくさん血を吸われたわけじゃないのに、力がうまく入らなくなっちゃう。

「相変わらず甘いね、緋羽ちゃんの血」

　またしても吸血を許しちゃった……。

　先輩のペースに流されちゃダメって、言い聞かせてたはずなのに。

　うまく誘い込まれて、まんまと甘い罠にはまっちゃうわたし単純すぎる。

「また欲しくなっちゃうなー」

「もうあげない……です」

「またおねだりしちゃおっか」

「おねだり却下……です」

　ちゃんと拒まないとダメ。

　このままじゃ先輩の思い通りになっちゃう。

「緋羽ちゃんって押しに弱いでしょ？」

「ぬぅ……」

「押しに負けちゃうのは、俺だけにしないと」

　ぜったい、ぜったい……この甘い仮面に騙されちゃダメ。

第 2 章

透羽先輩と駆け引き。

　気づけば５月の中旬。

　もうすぐ入学してから初めての中間テストがある。

　紅花学園は名門校なので、レベルもかなり高い。

　その上、この学園には特待生制度というのがあって。

　特待生に選ばれると学費が全額免除される。

　ただし、特待生になるのも条件があって——契約してることが絶対で、それにプラスして定期的に行われるテストで上位の成績を取らないといけないみたい。

　わたしは正直そんなに頭が良くないから、紅花学園に入学できたことが奇跡かもしれない。

「真白ちゃんは特待生だから大変だよね。たしか学年で10位以内に入らないといけないんだっけ？」

「そ、そうなの。毎日ちゃんと勉強してるんだけど範囲が広くて追いつかなくて」

　勉強に必死の真白ちゃんは、お昼を食べながら片手に単語帳をペラペラめくってる。

「そっかぁ。誰か勉強教えてくれる子がそばにいればいいのにね」

　他人事みたいな反応しちゃってるけど、実際のところわたしも大ピンチなのは変わりない。

　特待生である真白ちゃんに勉強を教えてもらおうかと思ったけど、真白ちゃんは自分のことで手がいっぱいみた

いだし。

　とりあえず、自分で勉強してみようと試みて放課後図書室へ。

　教科書とにらめっこして約10分。

「ぬぁ……ダメだぁ。身体が問題を拒絶してる」

　自分がここまで勉強が苦手だったとは。

　これは中間テスト絶望の道をたどるしかないのでは？

　ぺしゃんとつぶれるように、机におでこをコツン。

「誰かわたしに勉強教えてください……」

　まさか誰にも届くわけないと思っていたのに。

「俺が助けてあげよっか？」

　なんですか、この聞き覚えのある声。

　いやいや、気のせいだと思いたい……そう、きっと気のせい。

「ひーうちゃん。ほら、伏せてないで可愛い顔見せて」

　肩をポンポンされたから、誰か確認するように顔をあげると。

「ひっ……！　ま、また透羽先輩……！」

　なんでわたしが行く先々で現れるの!?

「偶然だね。いや、これって運命かな」

「運命じゃないです！　変なこと言わないでください！」

「俺たちって何かに引き寄せられてるよね。運命の赤い糸かなー。もう契約するしかないね？」

「んなっ、しません!!」

　ちょっと大きな声で喋っちゃったせい。

　ここは図書室。

　わたし以外にも、テストの勉強に追われている生徒がたくさんいるわけで。

　"図書室では静かに" という貼り紙がしてあるにも関わらず、それを無視してしまった結果。

「先輩のせいで、図書室から追い出されちゃったじゃないですかぁ……！」

「えー、緋羽ちゃんが大きな声出すからでしょ」

　なんと一発アウトで、図書室から即退場。

　しかも、テスト期間中も出入り禁止にされてしまった。

　き、厳しすぎるよ紅花学園……！

　これじゃ、わたしどこで勉強したらいいの。

　寮の部屋じゃ、いろんな誘惑が多くて勉強に手がつかないし。

　赤点コースまっしぐらの未来しかないよ。

「で、さっきの話に戻すけど。緋羽ちゃん困ってるんでしょ？　俺が助けてあげるよ」

「先輩にだけは助けられたくないです！」

「えー、ひどいなー。でもいいの？　ここの学園で赤点なんて取ったら、即退学とかもありえるかもよ？」

「えっ!?」

「まあ、そもそもここにいる生徒はみんな優秀だし。赤点取るなんてご法度だよね」

　ぬうぅ……地味にグサグサ言われて、余計に焦りが募るよぉ……！

「そういう先輩だって、女の子と遊んでばっかりで勉強できるんですかっ！」

　言われっぱなしも癪だから、ちょっと強気に言い返してみたら。

「俺これでも学年で常に５位以内はキープしてるんだけど」

　見事に論破されました。

「せっかく俺がベンキョー教えてあげるのに。こんな絶好の機会を逃していいのかなー」

「何か見返り求めようとしてないですか！」

「俺がそんなやつに見える？　純粋に緋羽ちゃんを助けたいってだけだよ」

　ほんとにほんと？

　先輩も意外と優しくて、面倒見よかったりするの？

「困ってる緋羽ちゃんを放っておけないでしょ？」

　なんだ、先輩もいいところあるんだ。

　ちょっとだけ見直した……かも。

「ほんとに勉強教えてくれますか？」

「うん、もちろん。──俺の部屋でね」

　嘘。さっきの前言撤回。

「は、はい!?　なんで先輩の部屋なんですか！」

「だって、図書室出禁になったでしょ？」

「だったら教室で……」

　あっ、しまった。

　紅花学園では、テストが始まる２週間前から教室での居残りが禁止というルールがある。

　勉強するなら各自寮の部屋でするか、もしくは図書室を利用するか。

「教室は無理だもんねー」

「うぬ……」

「そうなると、俺の部屋に来るしかないってことだ？」

　透羽先輩の計算通りに進んでる気がしてならない。

　はっ。でも、たしか……。

「待ってください！　理由もなく、わたしが男子寮に入るのダメじゃないですか！」

　女子が男子寮に無断で入るのはダメだし、もちろんその逆のパターンもダメだったはず。

「理由あるじゃん。俺とベンキョーするっていう」

「そんなので許可が下りるわけないじゃないですか！」

「まあ、たしかに許可をもらうのは無理かもね。だったら、内緒にすればいいじゃん」

　もう、言ってることと、やろうとしてることが無茶苦茶すぎる！

「じゃあ、早速今日から始めよっか」

「えっ、ちょ……！」

　半ば強引に連れて行かれて、あっという間に男子寮の前に到着。

　さいわい、寮の周りに誰もいないからいいけど。

「さすがに入り口から強行突破は無理だもんねー」

　入り口には、常に寮の管理人さんがいる。

　ここを通らないと、寮の中には入れない。

「どこから入るんですか」

「窓から」

「ま、窓!?」

　ええ、もうやること想定外すぎ……！

　寮の裏側に回って、とある部屋の窓の前に着いた。

　透羽先輩が、両手を使って大きな窓を外から開けた。

「はい、どーぞ。ここ俺の部屋だから」

「どうぞと言われても」

　窓はちょっと高さがあって、先輩はローファーを脱いで、ひょいっと乗り越えて部屋の中へ。

「緋羽ちゃんもおいで」

「む、無理です。先輩みたいに身軽じゃないですもん」

「んじゃ、抱っこしてあげる」

「ひぇ……っ」

　脇の下に先輩の手が入ってきて、簡単に身体を持ち上げられて窓を飛び越えた。

　そのまま窓のふちに座らせられて、ローファーを脱がされて。

「ほら、おいで。抱っこで奥まで連れて行ってあげる」

「ひゃっ、ぅ……」

　どうしよう……！

　流れのままついてきて、部屋の中に入っちゃったけど！

　これ、よく考えたらかなりまずくないかな!?

　危険な透羽先輩と、密室でふたりっきりなんて。

「やっぱりこんなのダメです！　誰かにバレたら大変な

とになっちゃいます！」

　抱っこされたまま、ジタバタ暴れてみるけど。

「はいはい、おとなしくしようねー」

「うぬ……。なんでそんな冷静なんですか」

　こんなふうにふたりでいるのがバレたら、謹慎処分になっちゃうかもしれないのに。

「そんな心配しなくても大丈夫だよ。万が一バレても、俺のお友達が揉み消してくれるだろうから」

「お友達、ですか」

「俺のお友達はね、先生や生徒からすごく信頼されてる学園のトップにいる生徒会長さんだからね」

　えぇ!?

　あの女子みんなの憧れの王子様と呼ばれてる神結先輩が、透羽先輩と仲良しなの!?

「神結先輩と透羽先輩がお友達って意外です」

「あれ、空逢のこと知ってるんだ？　なんかジェラシー感じちゃうなー」

「みんなが王子様って騒いでるから有名です」

「俺も緋羽ちゃんにとって王子様でしょ？」

「冗談やめてください！　わたしは、一途で優しい王子様がいいんです！」

　さすがの透羽先輩も呆れるかと思ったのに。

「俺これでも結構緋羽ちゃんにだけ優しくしてるんだけどなー」

　少し落ち込んだ声のトーンで、シュンとした顔をしてる。

　これが透羽先輩のほんとの顔かわかんない。

　からかわれてるだけかもしれないし。

　それに、透羽先輩は女の子みんなに優しいから——わたしだけに優しくしてるなんて嘘だ。

「ちょっとは俺のこと意識してくれたらいいのに」

　——で、勉強を教えてもらうことになったのはいいんだけど。

「なんか体勢おかしくないですか！」

　ローテーブルに教材を広げて、隣同士座って勉強……かと思いきや。

　なぜか、わたしが座る後ろに透羽先輩が回り込んできて、後ろからがっちり抱きしめられちゃってる。

「んー、そう？　こっちのほうが、俺の声が聞こえやすくていいでしょ？」

　わたしの肩にコツンと顎を乗せて、耳元で喋ってきてる。

「ち、近すぎて集中できない、です」

「俺はもっと近づきたいけど」

「なっ、もうこれ以上はダメです！」

「じゃあ、今はこれくらいで我慢してあげるよ」

　これくらいって。

　先輩の距離感ぜったいおかしいもん。

「んじゃ、ベンキョー始めよっか」

「この体勢変えてください！」

「それは聞けないなー。だって、緋羽ちゃんとくっついて

ないと俺が集中できないし」

　ぜったい逃がさないよって、抱きしめる力をギュウッて強くして。

　しかも、勉強が苦手なわたしに追い打ちをかけるように。

「テスト勉強頑張るんじゃなかったっけ？」

「う……」

「赤点なんて取ったら即退学だっけ？」

「うぅ……」

「まあ、そもそも赤点取るような生徒いないだろうし？」

「うぅぅ……」

「この体勢のままでいいよね？」

「うぬ……はい」

　くぅ……うまく丸め込まれたぁ。

　だって、だって、半分くらい脅しだったじゃん！

「ずるいです、卑怯です！」

「どこがー？　むしろベンキョー教えてあげるんだから、お礼にキスでもしてもらわないと」

「んなっ！　しません！」

　こんな調子で、ちゃんと勉強教えてもらえるのかな。

　……と、心配していたけど。

「緋羽ちゃんの苦手な教科は？」

「ぜんぶです」

「わかりやすいねー。んじゃ、1教科ずつ時間かけてやっていこーか」

「お、お願いします」

　おふざけして勉強の邪魔されるかと思ったけど。

　意外ときちんと教えてくれそう。

　……だったはずなんだけど。

「緋羽ちゃんって細いね。ごはんちゃんと食べてる？」

「ちょっ、ど、どこ触ってるんですか……！」

　わからないところを解説してもらって、ある程度理解できたから、問題集に取り組んでいたのに。

　お腹のあたりで先輩の手がゴソゴソ動いてる。

「緋羽ちゃんが問題解いてる間、俺ものすごく暇なんだよねー」

「だからって、わたしに触らないでください！」

　透羽先輩は大きな手で、ブラウスの上からゆっくりお腹を撫でてくる。

「だって、緋羽ちゃんの身体やわらかくて、触り心地いいから」

「太ってるって言いたいんですか！」

　仮にもわたし女の子なのに、先輩ってばデリカシーなさすぎるよ！

「んー。そういうわけじゃなくてさ。ほら、女の子の身体ってやわらかいじゃん」

「先輩が言うと変態みたいです」

「えー、王子様みたいの間違いじゃなくて？」

「王子様はそんなハレンチなこと言いません」

　どうせ先輩は、スタイル抜群の可愛い子ばっかり相手にしてるだろうし。

　やっぱり透羽先輩は、わたしが理想としてる一途な王子様とは程遠い。
「ひどいなー。褒めてるのに」
　ギュってする力をちょっとだけ強くして、耳元に息を吹きかけてくる。
　……ダメダメ！
　先輩に惑わされてたら集中できない。
「緋羽ちゃんの身体、触ってあげると可愛い反応してくれるから」
　後ろからなのをいいことに、好き勝手に触りだしてる。
「んっ……や」
「ほら、いい声出た」
　お腹にある手が、器用にブラウスのボタンを下から外してるのが見える。
「やわらかい肌……触りたくなる」
　ブラウスの下に着てるキャミソールをすり抜けて、肌に直接触れられて、身体が大きくビクッと跳ねた。
「身体は素直だからさ」
「ぅ……やっ……」
　余裕そうな声が耳元で聞こえて、手がどんどん上にあがってきてる。
　これ以上はダメって、必死に抵抗して先輩の手を押さえようとするのに。
「もっと触りたいって言ったら怒る？」
　女の子が、ころっと堕ちてしまいそうな誘い方。

　　きっと、こんな甘いねだり方をされたら──嫌だって言えない。

　　でも、ここで流されたらダメって、まだ残ってる正常な理性が警告を出してる。

「怒り……ます」

「俺、嫌われちゃう？」

「嫌われちゃいます」

「それは悲しいなー」

　　クスクス余裕そうに笑って、全然悲しそうじゃない。

「手、抜いて……ください」

「もっと触ってください？」

「言ってないです……！」

　　先輩耳悪すぎない……!?

「気持ちよくしてあげるのに」

「け、結構です……！」

　　やっとブラウスの中から手は抜いてくれたけど、相変わらず距離は近いまま。

　　外されたボタンが気になって、留めようとすれば。

「問題に集中しないとダメでしょ？」

「ぬぅ、ボタン……」

「なに、もっと外していいの？」

　　全力で首をフルフル横に振ると。

「じゃあ、上も少し外して、ネクタイも邪魔だからほどいちゃおうか」

「へ……っ、ちょっ」

　慌ててる間にネクタイをほどかれて、上まで留めていた
ボタンも外されて、首筋のあたりを指先でなぞりながら。
「首筋見えると噛みたくなる」
　はっ……。このままだとガブッと吸血されちゃうんじゃ。
「ダメ……ですっ」
「それじゃあ、舐めるのはいいんだ？」
「や……だ」
「あんま可愛い声出すと、誰かに聞かれちゃうかもよ」
「っ……」
　ここは寮だから、部屋の外で誰が聞いてるかなんてわか
んない。
　わたしがここにいるのは、バレちゃいけないのに。
「声、我慢できないなら俺が塞いであげよっか」
　もう勉強どころじゃない。
　気づいたら問題集を見てる余裕もなくなって、握ってい
たシャープペンもテーブルの上に落ちた。
「あれ、気持ちよくて力入んなくなった？」
「ち、ちが……っ」
「……かわいー。もっと可愛い緋羽ちゃん見せて」
　身体を持ち上げられて、くるっと回転させられて。
　あっという間に先輩と向き合うかたち。
「だいぶ乱れた姿になったね」
「せ、先輩のせい……です」
　ブラウスの隙間からわずかに中に着てるキャミソールが
見えてる。

「白のキャミソール緋羽ちゃんにぴったりだ」

「どこ見てるんですか……っ」

「緋羽ちゃんの身体？」

「ストレートに言わないでください……っ」

「ちなみに俺は、もっと透けてるほうが好き」

「うぅ……誰も聞いてないです」

　透羽先輩は、こんなことするの朝飯前だろうけど。

　わたしは全然慣れてないし、ちょっとのことですぐドキドキしちゃう。

「顔真っ赤。そんなに恥ずかしい？」

「死んじゃいそう……です」

「ほんと可愛いことばっかり言うね。俺の心臓いま変な動きしたよ」

　片方の口角をあげて笑いながら、先輩の綺麗な指先が口元に伸びてくる。

「緋羽ちゃんの唇……甘くてたまんないだろうなー……」

「ぅ……っ」

「指で触ってるだけなのに……興奮する」

「っ……」

　指先でふにふに触って、ゆっくり動かして。

　唇に触れてる間、ぜったいに目をそらさない。

　透羽先輩の触れてくる指と視線が、これでもかってくらい熱い。

「今ここで緋羽ちゃんの唇奪ったらどうする？」

「ダメ、です……っ。ファーストキスは、ほんとに好きになっ

た相手としかしない、です」

「へぇ……そんなこと言われたら、ますます奪いたくなる」

　わたしの唇に触れていた指先を、今度は透羽先輩自身の唇にグッとあてながら。

「じゃあ、緋羽ちゃんがおねだりしてくれるまで──唇にキスはおあずけかな」

　わたしから求めることなんてないはず……だもん。

　こんな調子で約2週間、先輩に勉強を見てもらった。

　そして、無事に中間テストが終了した。

　正直、勉強がはかどるか本気で心配したけど、なんだかんだきちんと教えてくれた。

　数日後、掲示板に中間テストの結果が発表されて、真白ちゃんと確認することに。

「あっ、よかったぁぁぁ……！」

「すごい！　真白ちゃん5位だね！」

　真白ちゃんは特待生だから、さすがだなぁ。

　ちなみに、掲示板に貼り出されるのは上位30人まで。

　まあ、わたしには無縁かなぁと思っていたら。

　真白ちゃんがその場でぴょんぴょん飛び跳ねながら。

「あっ、緋羽ちゃんも載ってるよっ」

「え??」

　いや、そんなまさか。

　と思って見たら、たしかに20位のところに載ってる。

「たしか勉強すごく苦手って話してたよね？」

　ギクッ……。

「これは、その……ある人に勉強教えてもらったからで」

「へぇ、そうなんだ！　誰に教えてもらったの？」

　ひぃぃ、真白ちゃんが目をキラキラさせて聞いてきてる……！

「な、内緒……！」

　すると、ものすごいグッドタイミングで何やら周りにいる女の子たちが「キャー!!」と騒ぎだした。

　な、何ごと……!?

　みんな同じほうを向いて、顔を赤くして楽しそうに話してる。

　これは、もしかして……いや、もしかしなくても。

　あちらこちらから「神結先輩かっこいい！　もうオーラが全然違う！」とか「透羽先輩に一度でいいから遊ばれたい〜！」って聞こえてきた。

　騒ぎの中心にいるのは、この学園の王子様的存在の神結先輩と……爽やかな笑顔を振りまいてる透羽先輩。

　あそこふたりだけ、オーラが違いすぎてキラキラしてる。

「すごくかっこいい先輩たちだね」

　真白ちゃんは、透羽先輩がチャラチャラしてることを知らないから。

「真白ちゃんダメだよ。あの爽やかな笑顔に騙されちゃ！」

「え？」

「神結先輩はともかく、女にだらしない透羽先輩はダメ！」

　ちょっとムキになって、大声を出しちゃったのが失敗。

　わたしの声に気づいた透羽先輩が、こっちを見て視線がバチッとぶつかった。

　う、うわ……どうしよう！

　すぐさまパッとそらしたけど。

「ひーうちゃん。テストの結果どうだった？」

　ひいぃ……やっぱり声かけてきた！

　慌てて真白ちゃんの後ろにスッと隠れると。

「おっと、緋羽ちゃんのお友達かな。初めまして、椋代透羽です」

「あっ、えっと、緋羽ちゃんとすごく仲良くしてもらってる忽那真白です……！」

　真白ちゃんいい子だから、ちゃんと自己紹介（じこしょうかい）してる。

　すると、チャラチャラ度を発揮した透羽先輩は、さらっと「へー。真白ちゃんって可愛い名前だね」って。

　ここまでなら百歩譲（ゆず）って、何も言わないつもりだったんだけど。

「あ、それと緋羽ちゃんとはこれから恋人（こいびと）関係になる予定だからよろしくね」

「えっ、そうなんですか!?」

　な、ななななに言ってるの……！

　これ周りにいる女の子に聞かれたら、わたし明日ボコボコにされちゃうんじゃ!?

「真白ちゃん！　この先輩の言うこと真（ま）に受けちゃダメ！」

　慌てて弁解（べんかい）するけど、真白ちゃんはキョトンとした顔してるし！

「緋羽ちゃん、隠れてないで早く俺に顔見せてよ」

「な、なんでここにいるんですか……！」

「んー？　緋羽ちゃんがここに結果見に来ると思ってね。せっかくだから、会いたいなーと思って俺も来てみたんだけど」

　まったく距離感を測らず、周りの視線も気にせず、笑顔でグイグイくる透羽先輩。

　お願いだから、これ以上目立つことしないで……！

「緋羽ちゃんも俺に会いたかったでしょ？」

「先輩は自意識過剰すぎです！」

「えー、せっかく俺が勉強教えてあげたのに」

　ひぃ……なんで今それ言っちゃうの！

　とことん爆弾発言ばっかりして。

　わたしが明日女の子たちに袋叩きにされてもいいの!?

「そ、それに関しては感謝してますけど！」

「んじゃ、お礼に俺の彼女になるよね？」

「お断りです……！」

　って、女の子たちが夢中になってる透羽先輩に対して、こんなこと言ったら、それはそれで攻撃されるんじゃ……！

　こうなったら、いったんこの場から退避せねば！

「真白ちゃん、ごめんね！　頭が腹痛だから保健室行ってくるね！」

「え、あっ、ぇぇ？」

　戸惑う真白ちゃんを置き去りにして、ダッシュでその場

をあとにした。

　少し走って、あまり人通りがなさそうな建物の陰へ。

　ここまで来れば大丈夫かな。

「ふぅ……よかったぁ。透羽先輩から逃げられて」

　ひと呼吸置くと。

「誰から逃げられたって？」

「ひっ……！　な、なんで！」

　パッと後ろを振り返れば、にこにこ笑顔の透羽先輩がいるではないですか。

　気配まったく感じなかったよ!?

「緋羽ちゃんの匂い覚えてるから、逃げても無駄だよ」

「先輩の鼻おかしいです！」

「気になる子の匂いは好きだから覚えるでしょ？」

「透羽先輩が言うと変態みたいです」

「それ、前も同じこと言ってたねー」

　さらっと壁に手をついて、わたしの逃げ道を塞いだ。

「ってか、頭が腹痛って緋羽ちゃん面白いなー」

「えっ」

「あんな大勢の前で頭の悪さ晒しちゃったね」

「はっ、ぅ……」

　冷静に考えたら、日本語めちゃくちゃだぁ……。

　それで真白ちゃん意味わかんないよって顔してたのか。

「まあ、俺は緋羽ちゃんのそんな頭弱いところも可愛いと思うけど」

「頭弱いって失礼です……」

「変態よりはマシでしょ」

「うぬ……」

　結局、先輩はなんでわたしのこと追いかけてきたの？

　それに、さっきからなんだか顔近いし。

　この距離ちょっと危険な気がする。

「さてと……じゃあ、お遊びはこのへんにして」

「ひゃっ……ちょっ……」

　慣れた手つきで、わたしのネクタイを簡単にほどいた。

　そのまま襟元を少し引っ張りながら。

「ベンキョー教えたお礼もらおうと思って」

「見返り求めないって言ってたのに……っ」

「まさかタダで教えてあげるわけないよねー」

「ゆ、油断しました……」

「まだまだ詰めが甘いね」

　くぅ……。

　最初から勉強教えてもらっても、何もあげませんって条件出しておけばよかった。

「それじゃあ、俺はいま何を欲しがってるでしょーか？」

「知らない、です」

「またそんなとぼけちゃって。わかるでしょ──俺が欲しい甘いやつ」

　ブラウスからわずかに出ている首筋を、指先でなぞってくる。

「緋羽ちゃんの甘い血──ちょうだい」

「っ……」

　２回も吸血を許しちゃって、それ以上はもうぜったいダメなのに。

　誘うように、うまく堕とそうとしてくる先輩はどこまでも策略的。

　でも、先輩の思い通りになっちゃうのは……やだ。

「まって……くださいっ」

「んー？　どうしたの」

　首筋に唇を這わせて、このまま八重歯が深く入り込んできたら吸血されちゃう。

　だから。

「体調……悪くて。貧血気味、なんです」

　とっさについた嘘。

　きっと、こんな嘘バレバレだと思う。

　透羽先輩のことだから「そんな嘘ダメでしょ？　おとなしく俺に噛まれて」とか言いそう。

　すると、首筋に埋めていた顔をパッとあげた。

「じゃあ、無理させられないか。緋羽ちゃんの身体がいちばん大切だから」

　意外とあっさり引いてくれた。

　吸血欲よりも、わたしの身体のことを優先してくれるなんて。

「……まさか俺以外の吸血鬼に血あげたりしてない？」

「し、してない、です」

「ダメだよ、俺以外の男にあげちゃ。俺だけだよ、緋羽ちゃんから血もらえるの」

　優しさを見せたと思ったら、今度はそんな特別みたいな
言い方して。

　ほんとに透羽先輩は、どこまでもずるい。

とんでもハプニング発生。

「はぁぁぁ……」

　なんだか最近、ものすごく透羽先輩のペースに巻き込まれてるような気がする。

　せっかく憧れの紅花学園に入って、一途な王子様と契約したいと思ってるのに。

　まったくそんな相手が現れず……。

　なぜか、真反対のチャラチャラしてる透羽先輩に絡まれてるし……！

　そのせいで、わたしの運命の相手どこかいっちゃったんじゃ!?

「緋羽ちゃん大丈夫……？　さっきからため息ばっかりだし、表情もどんよりしてるような……」

　あぁぁ、真白ちゃんの困り顔とっても可愛いなぁ。

　こんな可愛い子、ぜったい男の子が放っておくわけないよね。

　わたしが吸血鬼だったら、速攻で契約申し込んでるよ。

「うぅ……真白ちゃん、わたしと契約しよぉ……」

「えぇ!?　急にどうしたの!?　もしかして、緋羽ちゃん吸血鬼になっちゃったとか!?」

　さすが天然な真白ちゃん。

　本気でわたしが吸血鬼になってるか心配してるし。

　この慌てぶりが可愛いんだけどね。

　そう思っていたのは、わたしだけじゃなかったみたいで。

「……ダメでしょ、真白は俺と契約してるんだから」

　都叶くんが真白ちゃんを真横から抱きしめて、まるでわたしに見せつけてるみたい。

「そんな可愛い反応ばっかりしてさ。俺の前だけならいいけど、他の子の前ではダメでしょ」

「うぅ……そんな抱きつかないで。緋羽ちゃんも見てるのに……っ」

　顔がどんどん真っ赤になっていく真白ちゃん。

　都叶くんはそれを誰にも見せたくないのか。

「……なんでいちいち可愛いの。俺いつか真白に心臓壊される気がする」

　なんて言いながら、真白ちゃんの顔を手で覆って隠しちゃってるし。

「うっ……前が何も見えないよぉ……」

「いいんだよ。真白は俺だけ見てれば」

　このふたり、ぜったい付き合ってるよね？

　可愛い天然な彼女に振り回されてる彼氏っていう構図にしか見えないんですけど。

　──放課後。

　なんだか真白ちゃんと都叶くんのやり取りを見ていたら、ますます契約したくなっちゃったよ。

　誰かわたしを迎えに来て！って感じなんだけども。

　まあ、そんな都合よく現れるわけ──。

「あの、小桜緋羽さん……だよね?」

　寮に帰る途中。

　突然、男の子に声をかけられた。

　えっ、これはもしや都合よく現れたのでは……!?

「えっと、違ったかな」

「い、いえ……えっと、わたし小桜緋羽です!」

　ネクタイを見ると、バラの校章をつけている。

　はっ、もしかしてこれが運命の出会いなんじゃ……!

「あっ、よかったです。ずっと声かけようと思ってタイミング見てたんですけど、なかなかできなくて」

　ちょっと照れた様子で、頭をガシガシかいてる。

　それに、この男の子ものすごくかっこいい。

　真面目そうで、清潔感(せいけつかん)がある見た目。

　おまけに白のニットが似合う王子様系ときた。

「僕(ぼく)、1年の南雲(なぐも)って言います。よかったら、少しふたりで話しませんか?」

「は、はいっ」

　どうしよう、こんな急展開で王子様が迎えに来てくれるなんて!

　しかも、ふたりで話す場所が中庭のベンチなんて。

　これはシチュエーション的にも、すごくわたしの理想というか!

「急にごめんね、声かけちゃって」

「あっ、いえいえ」

「じつは、入学したときから小桜さん可愛いなと思ってて。

１年の中でもかなり人気あるから」

「そんなそんな……っ」

　ど、どうしよう。ものすごくドキドキしてきた。

　こんな絵に描いたような少女漫画みたいな展開、体験したことないもん。

「じつは、ひとめ惚れ……したんだ」

「っ……」

「小桜さんの脚……というか、太ももに」

　ほら、ひとめ惚れして好きになりました──って、ん？

　えっ、あっ、え？？　ちょっとまって。

　いま変な言葉が聞こえたような。

「ぜひ嚙ませてほしいなって。あっ、契約はしなくても大丈夫だから」

　ん？　んん？？　あれ、なんかわたしが求めている展開とかなりずれが生じているような。

「僕、脚フェチなんだ。綺麗な脚を見ると、すごく興奮するんだよね」

　い、いやいや……あなたのフェチなんて聞いてないし、わたしのドキドキした気持ち返してくれない……!?

「いいよね、少しくらい」

「よ、よくないです……！　太ももが好きなら、他の子をあたってください……！」

「いや、ダメなんだ。小桜さんじゃないと」

　ここだけ聞いたら、かなりの胸キュン台詞だけど！

「一度でいいから。嚙まないと僕の気が収まらないんだ」

　瞳がギラギラしてるし、噛むまで引き下がらないって顔してる。

　こ、これはかなりまずい状況な気がする。

　早いところ逃げないと。

　ベンチから立ちあがろうとしたら。

「ダメだよ、逃げちゃ。僕に血をくれるまで離さないよ」

　手首をグッと強くつかまれて、ベンチの上に押し倒されてしまった。

　片手で簡単にわたしの両手首を拘束して、そのまま頭上に持ってこられて。

「はぁ……っ、どうしよ。なんだか小桜さんからすごく甘い血の匂いがして、もっと興奮してきたよ。どうせなら、首も噛んでいいかな？」

「うっ、や……っ」

　き、気持ち悪い……。

　首元に息がかかって、それに……生温かい気持ち悪い舌で舐められて。

　背筋が凍るように、ゾクッと鳥肌が立つ。

「あぁ、首元もすごくいい匂い。でも、やっぱり太ももから吸血したい」

「っ、……」

　外だから、叫べば誰か助けてくれるかもしれない。

　でも、あまりに気持ち悪すぎて、喉が渇いて張り付いて、大声が出せない。

「少しスカートまくるね」

「やっ……だ……。やめ……て……っ」

　抵抗できる限り脚を動かしてみるけど、力じゃまったく敵いそうにない。

　視界をいっぱいにした涙は、ポロポロ流れていくだけ。

　何も疑わずに浮かれてホイホイついていったから、バチが当たったんだ。

　少女漫画とかでは、かっこいいヒーローがピンチを救ってくれるっていうのが王道だけど。

　あぁ、怖い状況で、こんなこと考えてるわたしの頭どこまでもお花畑すぎる——って、諦めかけた瞬間。

「……そこの変態くん。俺の緋羽ちゃんに何しようとしてんのかな」

　突然上から降ってきた声。

　視界は涙でぼやけて、ほぼ見えないのに、声を聞いただけで安心してる。

　きっと、この声は。

「ねー、聞いてんの。ってか、緋羽ちゃんから離れてくれない？」

　——透羽先輩だ。

　顔を見なくても、声でわかる。

　押さえられてる力がゆるめられて、震える手で涙を拭う。

「……こんな泣かされて。俺の緋羽ちゃんなのに」

「っ……」

　とっても心配した顔をして、わたしがいるベンチのほうに近づいてきた。

「怖かったね。ダメでしょ、変な男についていっちゃ」

　わたしと同じ目線になるようにしゃがみ込んで、大丈夫だよって安心させるように頭を撫でてくれる。

　さっきまで怖かったのに。

　先輩が助けに来てくれて、こうしてそばにいてくれると不思議と安心する。

「……で、よくも緋羽ちゃんをこんな泣かせてくれたね。しかも、何しようとしてたのかなー？」

「ち、違うんだ。小桜さんの血がすごく甘そうで……」

「だからって泣かせていいわけ？　それに無理やり吸血しようとしてたんだ？　合意のない吸血行為は退学処分だってこと知ってるよね？」

「それは……」

「もう二度と緋羽ちゃんの前に現れないって約束しなよ。もし同じことしたら——俺キミのこと殺しちゃうかもよ」

　顔は笑ってるのに、目の奥が全然笑ってない。

　軽蔑するような目で相手を睨んでる。

「……早いとこ失せな。命が惜しかったら」

　今まで聞いたことがない低い声。

　いつもの透羽先輩からは、想像もできないくらい。

　透羽先輩の圧にひるんだのか、相手は何も言わずにその場から逃げるように去っていった。

　すると、透羽先輩がふわっと優しく抱きしめてきた。

「……ごめんね、遅くなって」

　さっきの声とは違って、すごく優しくて心配してる声。

　まだ少し震えてるわたしを落ち着かせるために、背中を
さすってくれる。

「怖かったね。俺が来たから大丈夫だよ」

「うぅ……っ」

　透羽先輩のブラウスをクシャッとつかむと、それに気づ
いたのか、もっと強く抱きしめてくれる。

　さっきまで身体に触られると怖くて、気持ち悪くて嫌
だったのに。

　透羽先輩だと怖くないのはどうして……？

「落ち着くまでずっとこうしてよっか」

「ぅ、こわかった……っ」

「そうだね。男はみんな危険っていうのがわかった？」

「っ、わかった……」

「緋羽ちゃん可愛いんだから、俺以外の男についていっちゃ
ダメだよ？」

「とわ、せんぱいは、いいの……っ？」

「だって、俺は緋羽ちゃんの特別でしょ？」

　優しい手つきで、わたしの頬を撫でながら。

「俺も……緋羽ちゃんが特別だよ」

　心臓がドクッと、おかしいくらいに大きく音を立ててる。

　変なの……。胸のあたりが、ちょっとざわざわしてる。

「このまま緋羽ちゃんのことひとりにしたくないな。どう
する？　俺の部屋来る？」

「っ、……」

「緋羽ちゃんが嫌だって言うなら、無理やり連れて行った

りしない」

「ずるい、です……っ」

「だって、緋羽ちゃんさっき怖い目にあったでしょ？　俺に触れられるの怖くない？」

「せ、先輩は怖くない……です」

「じゃあ、やっぱり俺は緋羽ちゃんにとって特別だね」

「うぅ……」

「このまま抱っこで連れて行くけど。嫌なら抵抗して」

　なんでかわかんないけど、今は先輩にそばにいてもらうほうがいいって思ってる自分がいる。

　何も言わずに先輩の胸に顔を埋めてギュッて抱きつくと。

「……素直な緋羽ちゃんも可愛いね」

　前に勉強を教えてもらったときと同じように、寮の裏に回った。

「緋羽ちゃん軽いから、抱っこしたままでも窓枠飛び越えられそう」

　窓枠に片手をついて、軽々ひょいっと部屋の中へ。

　すごく今さらだけど、透羽先輩に甘えて部屋に来てしまった。

　いくらさっきまでの出来事が怖かったとはいえ、甘えすぎ……かな。

「ローファーこのまま脱がしちゃうね」

　そのままベッドの上に乗せられて、先輩も同じように乗ってきて。

　真っ正面から優しく抱きしめられた。
「だいぶ落ち着いた？」
「先輩のおかげ……です。えと、その……助けてくれてあ
りがとうございました」
「どういたしまして。何もされてない？」
「だ、大丈夫、です」
「そっか。よかった、偶然あそこ通りかかって」
「偶然だったんですか？」
「うん。たまたま中庭のほう歩いてたら、なんかベンチで
イチャイチャしてるのいるなーと思って」
「…………」
「いや、よく見たら俺の緋羽ちゃんじゃんって」
「俺の緋羽ちゃん……」
　先輩のものになった記憶はないけれど。
「しかも、見るからに襲われそうな感じだったし。危うく
男の腕の骨バキバキに折ってやるところだったけど」
　先輩って、たまに怖いことをさらっとなんともなさそう
に言ってる。
「もうダメだよ。俺以外の男についていっちゃ」
「さっきも聞きました」
「うん、何度も言っておかないと心配なの。緋羽ちゃん自
分が可愛いって自覚してないから」
「だって、わたし可愛くな……」
　おでこをコツンと合わせて、しっかり目線が絡んで。
「可愛いよ、とびきり」

「っ……」

　心臓がわかりやすくドクッと大きく跳ねて。

　自分の耳元にまで響いてる。

「お願いだから、可愛い顔見せるのは俺の前だけにして」

　透羽先輩は、わたしの好きな人でも彼氏でもないのに。

　普通なら、なんとも思っていない相手にそんなこと言われてもドキッとしない。

　……はずなのに。

　わたしの心臓、ちょっと誤作動を起こして、うるさい。

　すると、その音をかき消すくらいの足音が部屋の外からして、それがどんどん近づいてきてる。

　そして、扉がコンコンッとノックされた。

「おーい、透羽。お前いま部屋にいるー？」

　ひっ……まさかの誰か来ちゃった……!?

　先輩のお友達とか!?

「あわわっ、ど、どうしましょう……」

　周りを見渡す限り、とっさに身を隠せそうな場所はどこにもないし！

「はぁ……邪魔入ったね。隣の部屋のヤツだ。もういっそのことバラしちゃう？」

「ダメです、ダメです……！」

　外に聞こえないように、なるべく小声で喋る。

「んじゃ、ベッドの中に隠れよっか」

　布団をかぶせられて、そのままジッと身を潜めると。

　扉がガチャッと開く音がして。

「いるなら無視すんなよー」

「あー、ごめん。いま開けようとしたんだけどさ」

　な、なんで透羽先輩はベッドから出ていかないの……！

　ベッドにいるのは、わたしだけでいいじゃん！

「え、お前もう寝る準備してんの？」

「んー、まあね。ってか、なんの用？」

「わお、冷たいねー。どうせ今ひまだろ？　俺の話聞いて
くれよ」

　ベッドのすぐそば。

　おそらく、ベッドを背もたれにして、ものすごく近くに
座ってる……！

　ちょっとでも物音を立てたら、気づかれちゃいそう。

「ってか、部屋入っていいって許可してないんだけど」

「まあまあ、そう言うなって。俺と愉しく可愛い子の話で
もしよーぜ？」

　透羽先輩は可愛い女の子には目がないだろうから、きっ
とノリノリで話すんだろうな。

「可愛い子……ね」

「１年にものすごく可愛い子がいるって噂あってさ」

　あぁ、それならわたし知ってますよ。

　みんなが噂してる可愛い子は真白ちゃんのことですよ。

「忽那真白ちゃんって１年の子、お前知ってる？　あの子
すげー可愛いよな」

　はいはい、真白ちゃん可愛いの有名だもん。

　天使のような可愛さだもんね。

「小桜緋羽ちゃんも可愛いくね？　幼い顔立ちがいいよなー。あの子におねだりされたら、なんでも許しちゃうわ」

　へぇ、小桜緋羽ちゃんかぁ。

　なんか聞いたことあるような。

　……ん？　あれ、んんん??

「緋羽ちゃんは、ぜったいダメ。俺のだから」

「えっ、もしかして付き合ってんの？」

「いーや。でも、緋羽ちゃんはダメ」

「ずいぶん親しそうじゃん。お前、いつも特定の女の子をお気に入りにすることねーじゃん。来る者拒まず去る者追わずって感じだろ？　どういう風の吹き回しだよ」

「今は来る者拒んでるし、緋羽ちゃんだけがいいと思ってるけど」

「珍しいこともあるんだなー。お前がひとりの女の子に執着してるなんて」

「だってさ、緋羽ちゃん俺にしか見せない顔とか、とびきり可愛くて天使だから」

「……相当溺れてんな」

　わたしに言ってるわけじゃないから、聞き流したらそれでいいのに。

　心臓が、これでもかってくらいバクバクうるさい。

　それにベッドのシーツから透羽先輩の甘い匂いがして。

　抱きしめられてるわけじゃないのに、ギュッて包み込まれてるような感じがして。

　……って、なんかわたしまで変態になってない……!?

「とにかく緋羽ちゃんを狙うの禁止」

「はいはい、透羽くん怒らすと怖いですもんねー」

「んじゃ、話はこれで終わりってことで。出ていってほしいんだけど」

「追い出すの早いねー。まあ、空気読んで早いところ出ていきますわ」

　先輩の友達が部屋を出ていったのがわかった。

　ベッドの中にいるわたしはというと。

　いまだに心臓がドクドクしてまして。

　ど、どうしよう。先輩があんな恥ずかしいことさらさら言うから……！

　うぅ……静まれ鼓動……！

　とりあえず、落ち着くまで布団かぶったままで──。

「はい、出ておいで」

「んぎゃ……！」

　あっけなく布団をめくられて、真っ赤であろう顔をお披露目してしまった。

「あれ、顔真っ赤だ。布団の中、熱かった？」

「え、あっ、えと……」

　先輩、距離近いってば……！

　耐えられなくて、バサッと布団を頭からかぶると。

「変な緋羽ちゃん。可愛い顔、見せてくれないの？」

　ギシッと軋む音がして、ベッドが少し沈んだ。

「なんで隠れちゃうんですかー？」

「うぬ……っ」

　布団をかぶってるわたしをツンツンしてくる。
「じゃあ、抱きしめちゃうよ」
「……ひゃっ」
　急に腰のあたりに腕が回ってきて、ギュッてされたから
びっくり。
「抵抗しないんだ？」
「やっ……」
「もう遅いよ。本気で嫌がってないでしょ？」
　ひとつのベッドで抱きしめられてるなんて、普通はとっ
ても危ない状況。
「ほら、早く顔見せて」
「っ……」
　ゆっくり布団を取られて……ものすごく間近に透羽先輩
の顔が飛び込んできた。
「やっぱ顔真っ赤だね。心臓の音もすごいし」
「なっ、ぅ……」
「これだけ身体がしっかり密着してるから、なんでもわかっ
ちゃうね」
　いつもの先輩なら、調子に乗って身体触ってきたり、変
なこと言ってきたりするのに。
「な、何もしない……んですか？」
「それは何かしてもいいってことですか？」
「う……っ、や……そういうことじゃなくて」
「じゃあ、どういうこと？　それ、誘ってるようにも聞こ
えるけど」

「だって、先輩いつも変なことしようとする、から」

「変なことって、どんなことだっけ？」

　クスッとイジワルそうに笑って、わたしの制服の襟元を
クイッと引っ張ってくる。

「なか、見えそう」

「み、見たら怒り……ます」

「緋羽ちゃんから誘ってきたのに？」

「その言い方は語弊あります……」

　ちょっと、ううん……結構危ないかも。

　食べちゃうよって瞳で、わたしのこと見てるから。

「緋羽ちゃんが怖い目にあったから、何もしないつもりだっ
たのにさ」

　ゆっくりネクタイをほどかれた。

「俺も男だから。あんま煽るようなことされると、抑えきき
かなくなるんだよ」

　人差し指を軽くトンッと、わたしの唇にあてて。

　さらにグッと近づいてきて。

「誘うのは俺だけにして」

「っ……」

「あと……煽ったお仕置きするから」

「へ……ひゃぁ……っ」

　ベッドに両手を押さえつけられたと思ったら、そのまま
指を絡めてギュッと握りながら。

　前に吸血したみたいに……首筋を舌で舐めてくる。

「か、噛むの……っ？」

　少し顎を引いて、控えめに見つめると。

　先輩は、ちょっと困った顔をする。

「なんかさー……不意に敬語が取れるのずるくない？」

「ダメ……？」

「そういうとこ小悪魔ちゃんだね」

　フッと笑って、唇をうまく外すように頬のあたりに軽く
キスを落としながら。

「……安心して、噛まないから。ただ——他の男が近づか
ないように、痕残したいからじっとしてて」

　首元をチュッと強く吸われて。

　噛まれたときより痛みは鈍くて、少しチクッとするだけ。

　でも、先輩の唇の熱を肌にじかに感じてるせい……で、
痛みよりもドキドキのほうが勝ってる。

「……痛い？」

「ぁ、ぅ……」

「またそんな可愛い声出して」

　繰り返し首筋にキスをされて、たまに強く吸われたりす
ると身体が変になる。

「緋羽ちゃんといると、ほんと調子狂っちゃうな」

　それを言うなら、わたしだって。

　透羽先輩といると……心臓がちょっとおかしくなる。

透羽先輩のアプローチ。

　紅花学園に入学して2ヶ月が過ぎて、6月に入った。

　ここ最近、ほぼ毎日のように透羽先輩が何かしら理由をつけてわたしのところへやってくる。

「ひーうちゃん。一緒にお昼食べよっか」

　お昼休みは、わざわざフロアの違う1年生の教室にやってくるし。

「ひーうちゃん。一緒に帰ろうか」

　放課後は、わたしが帰る前に教室に迎えに来てるし。

　朝だって、ほぼ毎日寮の前まで来て、なぜか一緒に登校してるし。

　おかげで、ごく一部からは付き合ってるんじゃないかって噂されちゃうくらい。

　さいわい、今のところ女の子からのやっかみはないけど。

　そのうち校舎裏とかに呼び出されて、女の子たちからひどい仕打ちを受けるんじゃ。

「せ、先輩。毎日飽きないですか？」

「何が？」

　今日は天気がいいからって、屋上でお昼を食べようと誘われて透羽先輩と一緒にいるんだけど。

「その、毎日お昼とか放課後来てくれるじゃないですか」

「うん。俺が緋羽ちゃんに会いたいから」

　なんだか気づいたら、自然と透羽先輩と一緒にいる時間

が増えてるような。
「緋羽ちゃんも俺に会いたくて仕方ないでしょ？」
「自惚れ禁止です！」
「えー。でも、なんだかんだ俺とこうして一緒にいてくれるじゃん。もう俺たち付き合うしかないね」
「順序おかしいです」
「どこが？　こうして一緒の時間過ごして、少しずつ緋羽ちゃんが俺のこと意識して。それで俺が告白したら付き合うって流れでしょ？」
「つ、付き合わない……です！」
　透羽先輩のこと、最初の頃よりは見方が変わったけど。
　やっぱり心のどこかで引っかかるのは、先輩が女の子とよく遊んでること。
　最近は、どうなのか知らないけれど。
「じゃあ、どうしたら俺のこともっと意識してくれる？」
　先輩がこんなにわたしに構うのも、よくわかんない。
　遊ぶ相手は、たくさんいるはずなのに。
「先輩みたいなチャラチャラしてるタイプ苦手です」
「んじゃ、一途なところアピールすればいいんだ？」
「先輩には程遠そうです」
「そうかな。俺はね、本気で手に入れたいと思ったら結構一途なんだよ？」
「口ではなんとでも言えます」
「たしかに、それは正論だね。んじゃ、緋羽ちゃんが俺のこと好きになるまで、他の女の子から血もらうのやめるっ

てのはどう？」

「はい？　いや、先輩それじゃ死んじゃいますよ」

「うん。だから俺と付き合おうか」

「それはお断りです！」

「えー、俺が死んでもいいの？　ってか、最近緋羽ちゃん以外の女の子と遊んでないのほんとだよ。血だってもらわずにタブレットで我慢してるし」

　なんて言いながら、わたしの髪に触れて指先でクルクル絡めて遊んでる。

「緋羽ちゃんの血がいちばん欲しいのに」

「あげる予定はないです」

「俺が倒れちゃったら助けてね」

　……と、軽いノリで言っていただけだから。

　まさか、それを実行しちゃうなんて知らずに。

　そして、別の日の放課後。

　たまたま通りかかった廊下で、ものすごい修羅場のような場面に遭遇した。

「なんで最近遊ぶのやめたの？　血だって全然欲しがらないのどうして？」

　角を曲がろうとしたときに、いきなり女の人の声が聞こえて、ピタッと動きを止めた。

　ど、どうしよう……。

　これは何か揉めてるに違いない。

　立ち聞きするのは悪いと思って、いったん引き返そうと

したんだけど。

「ねぇ、透羽。ちゃんと答えてよ」

　その瞬間、とっさに足を止めてしまった。

　話している相手は透羽先輩なの？

「遊ぶのやめただけ。夢乃だって、俺とは遊びでいいって最初に言ってたじゃん」

　夢乃さん……か。もしかして、透羽先輩が遊んでた女の人なのかな。

　どういう関係なんだろう。

　なんでかわかんないけど、ちょっとだけ胸のあたりがもやっとした。

「それはそうだけど。でも透羽は、わたしだけ他の子より特別にそばにいさせてくれたじゃない。なのに、なんでわたしの血も拒否するようになったの？」

「ただ、気になる子に振り向いてほしいだけ。だから、もう夢乃に血をもらうことはないから」

「なんで……っ。今まで透羽はどんなことがあっても、わたしだけはそばに置いてくれてたじゃない……。なのに、急にそんなこと言うのひどい……」

「たしかに俺ってひどいし最低だと思う。相手してくれるなら誰でもよかったし。ただ、それはもう過去だから。今はひとりの女の子しか気になってない。自分でも気づいたら夢中になってるくらいだから」

「何それ……っ。そんなの透羽らしくない……！　わたしは今の関係が終わるなんて認めないから……！」

　夢乃さんが、ちょっと大きな声で言い放ったと同時。

　いきなりこちらに走ってきて、角に突っ立ているわたしと思いっきり目が合った。

　あっ……ものすごく傷ついた顔して泣いてる。

　涙を拭いながら、ギロッときつく睨まれた。

　覗き見してたと思われたかな。

　かなり気まずい場面を見てしまった。

　あんなに泣いてたってことは、それだけ透羽先輩への想いが強いんだ。

　また少しだけ……モヤモヤしてたのは、きっと気のせい。

　あれから３日ほどが過ぎた。

「最近、透羽先輩来ないね。何かあったのかな？」

「…………」

「緋羽ちゃん？」

「えっ、あっ。いや、忙（いそが）しいんじゃないかな！」

　お昼休み。今日は真白ちゃんとお昼を食べてる。

「毎日緋羽ちゃんに会いに来てたのに。もしかして、お休みしてるのかな？」

「さ、さあ……。どうなんだろう」

　ここ数日まったくと言っていいほど、透羽先輩がわたしの前に現れなくなった。

　毎日のように来られていたから、ちょっとは周りの目を気にして自重（じちょう）してと思っていたけど。

　こうも、なんの連絡（れんらく）もなしにパタッと来なくなるのも、

何かあったのかなって心配になっちゃう。

　夢乃さんと揉めてるところを見てから……だし。

「何かあったんじゃないかな。緋羽ちゃん会いに行かなくていいの？」

　そういえば、わたしから透羽先輩に会いに行ったことあったっけ。

「きっと、透羽先輩も緋羽ちゃんに会いたいと思うよ？」

「ど、どうだろう！　透羽先輩のことだから、またひょっこり現れるから大丈夫だと思う！」

　なんて、真白ちゃんがせっかく言ってくれたのを無視したのがいけなかった。

　また数日が経（た）っても、透羽先輩が来ることはなかった。

　学年が違うから、そもそも授業に出席してるのかもわからない。

　ただ、わたしに興味がなくなって、会いに来るのやめたのかな。

　最近、気づいたら透羽先輩のことばかり考えていて、頭の中がいっぱいになってる。

　別にわたしが気にすることでもないのに……！

　ずっと会いに来てくれていた透羽先輩が、パタッといなくなったのが少し物足りなく感じるなんておかしい……！

　気になるなら、素直に自分から会いに行ったらいいだけなのに。

　——で、散々悩んだ結果。

　来てしまいました、3年生のフロアに。

　ほんとは真白ちゃんも誘おうと思ったんだけど、ヤキモ
チ焼きな都叶くんが許してくれず。

　結局、ひとりで透羽先輩のクラスへ。

　違う学年のフロアって、なんでかわかんないけどすごく
緊張する……！

　それに、すれ違う人がみんなこっちを見て、何やらヒソ
ヒソ話してるし。

　遠慮気味に教室内を覗いてみるけど、透羽先輩の姿は見
当たらない。

　もしかして、もう寮に帰ったのかな。

　と、思ったら。

「いやー、透羽のやつここ最近ずっと欠席してるけど大丈
夫なんかねー」

「体調不良だっけ？　こうも長引いてると心配になるよな」

　たまたま聞こえた会話。

　やっぱり体調を崩して休んでるの……？

　急に心配な気持ちに襲われた。

　どうしよう。わたしひとりじゃ、透羽先輩がいる男子寮
には入れないし。

　でも、透羽先輩が今どんな容態なのか知りたいし。

　あっ、神結先輩なら透羽先輩と仲良しのはずだから、何
か知ってるかな。

　声をかけたいけど、教室の奥のほうで神結先輩の契約相

手でもあり、恋人と噂されてる漆葉恋音先輩と一緒にいる
から話しかけづらい。

　前の扉のところで、そわそわしてると。

「どうしたの、大丈夫？」

　見かねた、このクラスの女の先輩が声をかけてくれた。

「誰かに用事とか？　よかったら呼ぼうか？」

「あっ、えっと、神結先輩とお話がしたくて！」

「会長ね。呼んでくるからちょっと待ってて」

　しばらくして、神結先輩がこっちにやってきた。

「こんにちは。僕に何か用事かな？」

「こ、こんにちは！　急にごめんなさい……！　えっと、
えと……」

　神結先輩に来てもらったのはいいけど、どうやって透羽
先輩のこと聞いたらいいの……！

　すると、神結先輩が何やらジーッとわたしを見て。

　何か思い出したようにうなずいた。

「キミたしか……小桜緋羽さん？」

「へっ……？　あっ、そうです！」

　どうして神結先輩が、わたしのこと知ってるんだろう。

　自己紹介したことあったっけ？

「あぁ、やっぱり。今日はもしかして、透羽のことが気になっ
て来たの？」

「え……っ!?」

　まだ何も話していないのに、なんでわかるの!?

「その様子だと図星みたいだね。よく透羽から小桜さんの

話を聞くんだ。いつも気持ち悪い顔して、小桜さんの可愛い自慢ばかりしてくるから」

なんだかいま、神結先輩の裏の顔が見えたような。

「それで、透羽のことだよね。ここで話すとちょっと邪魔になるから、場所を移動しようか」

こうして、教室から少し離れたところで話をすることに。

「まさか小桜さんから透羽に会いに来るとはね」

「え？」

「よく透羽が言ってるんだ。小桜さんは全然自分のこと意識してくれないし、興味を持ってくれないって。素直じゃないところも可愛いとか口ぐせのように言っててね」

ぬぅ……透羽先輩ってば、何を神結先輩に言ってるの。

「毎日飽きもせずに、口を開けば小桜さんの名前が出てくるから僕も毎日うっとうしくてね。ほら、透羽ってしつこいでしょ」

にこっと笑いながら、さらっと毒を吐いてるような。

透羽先輩と神結先輩って仲良し……なんだよね？

「てっきり、透羽が一方的に追い回してたのかと思ったけど。今日こうして透羽を心配して来てくれたってことは、小桜さんも気にしてくれてるんだね」

「し、心配っていうか、ちょっと気になるだけ……です！」

「ははっ、そういうところなんだろうね。透羽が小桜さんのこと振り向かせたくて、追いかけたくなるの」

「……？」

「小桜さんにひとつ面白い話をしてあげるよ」

「面白い話、ですか？」

「そう。今ね、透羽たぶん死にかけてるよ」

「……え!?」

「どう、面白いでしょ」

　いやいや、笑顔でさらっとそんなこと言われても！

　しかも面白くないですよ!?

「まあ、死にかけてる理由が面白いんだけどね」

「何か理由があるんですか」

「あれ、てっきり小桜さんは知ってるのかと思ったけど。今ね、透羽は小桜さん以外の子から血をもらうのをやめてるんだよ」

　あっ、そういえば少し前に、軽いノリでそんなことを言っていたような。

　冗談だと思って聞き流していたけど。

「珍しいことだよ。昔から契約に興味がなくて、特定の誰かを好きになることもなくて、誰でも相手にしていた透羽が今では遊ぶのをピタッとやめてるから。女の子から誘われても、ぜんぶ断ってるみたいだし」

　さらに神結先輩は話し続ける。

「透羽は契約をしていないから、今までいろんな女の子から血をもらったり、たまにタブレットを服用したりして過ごしてたんだけど」

「…………」

「そんな契約していない透羽が、女の子から血をもらうのをやめたらどうなると思う？」

「タブレットがあるから大丈夫……じゃないんですか」

「そうだね。普通の吸血鬼ならそれでいいかもしれない。でもね、吸血鬼は特定の誰かへの想いが強くなると、その子の血だけが欲しくなるんだ」

「そ、そんなことあるんですか」

「あるよ。僕は恋音の血しか欲しくないし、タブレットも輸血用の血もそんなに効果がないんだ」

　これはきっと吸血鬼にしかわからないこと。

「透羽も今その状態に近いのかもしれない。この前、様子を見に行ったときに、タブレットが前より効かなくなってるって話していたからね」

「じゃあ……透羽先輩は、いま大丈夫なんですか？」

「今は相当苦しいと思うよ。他の子から血をもらわずに、効果のないタブレットを飲み続けてるわけだし」

　なんで、自分で自分の首を絞めちゃってるの。

　そんなに苦しんでまで、わたしに言ったこと守ろうとしてるの？

　先輩のバカ……それで体調崩してたらダメじゃん……。

「今日は僕が待たせてる子がいるから無理だけど。明日の放課後、僕と一緒に透羽のところ行く？」

「い、いいんですか」

「小桜さんさえよければ。僕も一緒なら、透羽がいる寮に入ることも許可してもらえるだろうし」

「じゃあ、お見舞い……行きます」

「きっと透羽もよろこぶよ」

　こうして透羽先輩のお見舞いに行くことが決まった。

　　翌日の放課後。
　神結先輩がわたしのクラスまで迎えに来てくれた。
「透羽は元気かなあ。死にかけてたら小桜さんに介抱をお
願いしようかな」
「えぇ……」
　こんな会話をしていたら、透羽先輩がいる男子寮に到着
した。
　神結先輩が管理人さんに許可を取ってくれて、特別に寮
の中に入れてもらえた。
　部屋の前に着いて、神結先輩が扉を軽くノックしたけど
返事なし。
　まさか倒れてるんじゃ……!?
「あれ、どうしたのかな。とりあえず中に入ってみようか」
　扉を開けると、少し奥にベッドがあって──その上に、
うつ伏せになって寝ている透羽先輩を発見。
「これは寝てるのかな、倒れてるのかな」
　すると、この声に反応して。
「……なんだ、空逢かよ」
「返事がないから、てっきり死んだのかと思ったけど」
「……勝手に殺すなよ」
　神結先輩に向いていた視線が、ゆっくりわたしのほうへ
向いた。
　かなりびっくりしたのか数秒フリーズして。

　今度は大きく目を見開いて。

「……え。なんで緋羽ちゃんがここにいんの」

「僕が連れて来てあげたんだよ。彼女が透羽のこと、すごく心配してるみたいだったから」

　えっ、ちょっ……！　別に心配してない……いや、ちょっとはしてた……けど！

　なんでそれ言っちゃうの！

「緋羽ちゃん俺のこと心配してくれてたの？」

　今はっきり透羽先輩の顔を見て、今度はわたしがフリーズしてる。

　顔色が悪くて、すごくしんどそう。

　それに、身体がだるくて動かせないのかベッドに横たわったままだし。

「心配してます……ちょっと、だけ」

「相変わらず素直じゃないなー……。でもいいや。ちょっとでも緋羽ちゃんが心配してくれて、俺に会いに来てくれたから」

　うっ……いま心臓がギュッておかしな動きした。

　透羽先輩といると、やっぱり心臓が変になる。

「それじゃ、僕は役目がすんだから帰るね。小桜さん、透羽のことよろしくね」

「えっ」

「寮の管理人さんには、僕のほうからうまく言っておくから。しばらくふたりっきりの時間過ごすといいよ」

　なんて言い残して部屋から出ていっちゃった。

　残されたわたしは、ベッドからちょっと離れた場所で、どうしようかって慌てていると。

「……もっとこっちおいで」

　いつもより弱った、甘えた声。

　これ以上近づいたら——透羽先輩に何されても、許しちゃう自分がいるような気がする。

「緋羽ちゃんの可愛い顔……もっと近くで見せて」

「っ……」

　ゆっくりベッドに近づくと先輩が手を伸ばしてきて、わたしの手をつかんだ。

　だいぶ力も弱くなっているのか、抵抗したら簡単に振りほどけちゃいそう。

　でも先輩の瞳が、そうさせてくれない。

　行かないでって、もっとそばに来てほしいって——訴えてるから。

「緋羽ちゃんに会いたすぎて死ぬかと思った」

　あぁ、また心臓うるさいよ。

「……抱きしめたくなる」

「きゃっ……」

　ちょっと強く手を引かれて、バランスを崩して身体がベッドに倒れ込んだ。

「しばらく俺に抱きしめられてて」

「ぬ……ぅ、ずるいです」

「何が？　それにさ、緋羽ちゃん拒否しなかったでしょ？」

「っ……」

「それはつまり俺に触れられてもいいってことだ？」

　今にも意識飛びそうなくらい顔色悪いのに、ずいぶん生き生きと喋ってる。

「いいとは言ってない……ですもん」

「いつもの素直じゃない緋羽ちゃんだね」

　クスクス笑いながら、わずかに抱きしめる力をギュッと強くした。

「安心して。ただ、緋羽ちゃんのこと抱きしめたいだけだから」

　なんだか透羽先輩の身体が少し冷たいような気がする。

　それに、ちょっと呼吸も浅くてつらそう。

　なんでこんなことになるまで、誰からも血をもらわなかったの……？

　いつもの透羽先輩らしくない。

　女の子なら誰でもよくて、いろんな子から血をもらって、遊んでたのに。

「なんで、そんな体調悪くなっちゃってるんですか……っ」

　ほんとは、すごく心配してる。

　弱った透羽先輩を見たら、もっと心配になってる。

「だって、緋羽ちゃん以外の女の子から血もらわないって言ったし」

「変なところで律儀にならないでください……」

「……なるよ。少しは俺のこと見直してくれた？」

　ちょっと身体を離して、おでこをコツンと合わせて……近い距離で見つめてくる。

「だからって、体調崩してちゃダメ……ですよ」

　透羽先輩の両頬に手を伸ばして、包み込むみたいに触れると。

　ちょっとびっくりした顔をして……そのあと、すごくうれしそうに頬をゆるめて笑いながら。

「緋羽ちゃんから俺に触れてくれるなんてね」

「病人だから労ってるだけ……です」

「ちょっとは俺のこと意識してくれた？」

　まったくしてないって言ったら嘘になる。

　出会った頃は、わたしの理想とかけ離れていて、意識するなんてありえないと思っていたのに。

　今は……たぶん、ちょっと違う。

「早く緋羽ちゃんが俺のものになってくれたらいいのに」

　そんな欲しがるような言葉ずるい。

「わたしじゃなくても、他に女の子たくさんいるのに……？」

　そうだよ。先輩のこと好きな子はたくさんいて、先輩だってひとりに限定するより、いろんな女の子と遊んでるほうが楽しいって出会ったときに言ってた。

「なんだろうなー……。緋羽ちゃんは他の子と違う魅力があるんだよ」

「魅力……？」

「しっかり自分を持ってるから。俺の言葉にも簡単になびかないし。思ってること素直に言ってきたりする真っ直ぐなところもいいなって思うよ」

　今そんなこと伝えてくるの、もっとずるい。

「他の子にはない──緋羽ちゃんのいいところ、出会った
頃よりたくさん知れたと思ってるよ」

　今度は、透羽先輩のほうがわたしの両頬を優しく包み込
むように触れながら。

「はぁ……やっぱそろそろ限界かな。クラクラしてきた」

「やっぱり、まだ体調悪いんですか？」

「……さっきから、緋羽ちゃんの血の匂いがしてる」

　あっ、そっか。きっと血が欲しいんだ。

　神結先輩から聞いた話だと、ここ数日まったく人間から
血をもらってないみたいだし。

「……理性おかしくなりそう」

「大丈夫、ですか？」

「……死にそうって言ったら？」

「こ、困るのでどうにかするしかない、です」

「じゃあ──緋羽ちゃんが、どうにかしてくれる？」

　この状況でわたしがしてあげられることはひとつだけ。

　もし嫌だったら、今こうして先輩のそばにいない……と
思う。

　だって、先輩は弱ってて逃げ出そうと思えば逃げられる
のに。

　それをしなかったってことは──。

「血……欲しいなら、あげます……っ」

「……ほんとに？」

「わ、わたしのが嫌だったら……」

「んーん、緋羽ちゃんのがいい。緋羽ちゃんの血じゃなきゃ

無理」

　さっきよりも先輩の瞳がさらに熱を持ち始めてる。

　思ったとおり、透羽先輩のお願いを許しちゃった。

「緋羽ちゃん……早く欲しい」

「あ、えっと、ちょっと待ってください」

　首筋から吸血しやすいようにネクタイをほどいて、ブラウスのボタンを外すのにもたついてると。

「ん……あんま待てない」

　透羽先輩の手が伸びてきて、代わりにスイスイ外しちゃって。

「あー……やば。めちゃくちゃそそられる」

「恥ずかしい、です……」

「……もう我慢できないから噛むね」

　首筋を舌で舐められる感覚は、やっぱり慣れない。

　ちょっとだけ、腰のあたりがゾクゾクしてる。

「ずっと……ずっと緋羽ちゃんの血が欲しくてたまらなかった」

「っ、……」

「甘いのたくさんもらうね」

　生温かい舌で舐められたあと──皮膚に鋭い痛みがグッと入り込んでくる。

　前に噛まれたときよりも、噛み方が荒くて痛みが強い。

「あ……ぅ、とわ、せんぱい……っ」

「ん……ごめんね、痛いね」

「ぅ……っ」

「でもごめん……止められない」

　身体が密着した状態だからわかる。

　先輩から激しく脈打つ鼓動が伝わってくる。

　きっと身体が血を欲してるから。

「はぁ……っ、甘い……もっと……」

「っ、やぁ……」

　ものすごくたくさん血を吸われて、頭がボーッとしてクラクラしてる。

「緋羽ちゃんの甘い血……たまんない」

　身体の力がぜんぶ抜けちゃいそう。

　クタッとベッドに横たわるけど、透羽先輩はその間も吸血をやめない。

　相当血が足りてないのか、ずっと飲み続けてる。

　こんな状態になるまで我慢してたなんて。

「……ほんとはもっと欲しいけど」

「っ……？」

「あんま飲みすぎると、緋羽ちゃんが貧血になるから抑えなきゃね」

　最後に噛んだところを舌で舐めて、吸血するのをやめてくれたと思ったら。

「血を吸うのは、やめるけど……。もう少し甘えさせて」

「ふぇ……っ」

　少しの間、透羽先輩からの刺激は続いて。

　血を吸ってるわけじゃないけど、何度も首筋とか鎖骨にキスを落として、優しく触れて。

　まるで、会えなかった時間を埋めるみたいに、たくさん
触れて離してくれない。

「このまま俺と契約する？」

「っ……」

「そしたら……とびきり甘やかしてあげるのに」

　甘いささやきに堕ちたらダメ――って、何度も言い聞か
せてるけど。

　確実に……わたしの中で、透羽先輩の存在が大きくなっ
てる。

☆
☆
☆
☆

第 3 章

ドキドキ危険な一夜。

　透羽先輩が体調を崩して倒れてから。

　ほぼ毎日のように、わたしはピンチを迎えております。

「ねー、緋羽ちゃん。ダメ？」

「うぅ……ダメです」

　何がピンチかって、放課後になると透羽先輩が人目のつかないところにわたしを連れ込んで、制服を脱がそうとしてくる。

「やっ、……こんなところで……っ」

　わたしが逃げられないように、両手を壁に押さえつけて、太ももの間に脚を入れてきて。

「じゃあ、ここじゃなかったらいいんだ？」

「うっ、や……ちがう……」

「でもさ、緋羽ちゃん顔が全然拒否してないよ」

「へ……っ」

「俺に触れられて、そんな真っ赤な顔して瞳うるうるさせてさ」

　血を欲しがってるときの熱い瞳で見つめて、わたしの唇をふにふに触ってくる。

「俺ね、緋羽ちゃんの血しかダメなの。だから、緋羽ちゃんがダメって言うなら、俺死んじゃうかな」

「そんなの、ずるいです……」

　うまいこと誘導して、わたしから血をもらおうとしてく

るから。

「俺が死んじゃってもいいの？」

「ダメ、です」

「寂しいもんね、俺がいなくなったら」

「寂しくない……です」

　こんな会話をしてる間に、肩が出るまで制服を脱がされていた。

「噛んでいい？　緋羽ちゃんがどうしても嫌なら、噛まないけど」

「ぬぅ……」

　ほぼ毎日、こんな攻防戦の繰り返し。

　でも結局、わたしのほうが押しに負けちゃって。

「嫌だって言わないから、いいってことだ？」

　恥ずかしくなって、プイッと目線をそらすと。

「……緋羽ちゃんの可愛い顔もっと見せて」

「ひゃ……っ」

「ほら、ちゃんと俺のこと見てて」

　鎖骨のあたりを指先でなぞって、そのまま首筋に顔を埋めて。

「緋羽ちゃんの肌って、ほんとやわらかい」

「ん……」

「それに、こんな甘い匂いさせて」

　舌で何度も慣らすように首筋を舐めたあと。

　八重歯がチクッと刺さって、入り込んでくる。

「やぁ……っ、ぅ……」

「声も可愛い。でも、俺以外の男に聞かせたくないからさ」

「んんっ……」

　透羽先輩の大きな手で、口元を覆われた。

「甘い声で鳴くのは、部屋でふたりっきりのときにして」

　立ったまま血を吸われてると、だんだん力が入らなくなって、膝からガクッと崩れてしまいそう。

「……っと、また力抜けたね」

「ぅ……もう吸っちゃダメ……っ」

「そんな可愛いこと言ったら逆効果だよ」

　うまく腰のあたりに手を回して、グッと抱き寄せられて。

「……緋羽ちゃんの可愛さで死にそう」

　契約もしてなくて、こんなふうに吸血を許しちゃうのダメなのに。

　どんどん透羽先輩の思うがままになってる気がする。

　そんなこんなで、気づいたら学園は夏休みに入った。

　夏休み中は、透羽先輩と会うことはないだろうし。

　でも、血とか大丈夫なのかな。

　最近またタブレットも服用してるみたいだけど、変わらずあんまり効果ないって話していたし。

　はっ……またしても透羽先輩のこと考えるなんて。

　別にわたしが心配する必要ないのに……！

　なんでこんな気になっちゃうの。

「うぅ……もう透羽先輩のことなんて知らないっ！」

　夏休み中は真白ちゃんとたくさん遊んで、透羽先輩のこ

と考える時間作らないもん！

　……って思っていた矢先。

　まさかの真白ちゃんから、夏休みまったく遊べないと連絡があった。

　なんでも、都叶くんがかなり大きなケガをしたらしく、学園にある集中治療室で治療を受けているみたい。

　紅花学園には万が一吸血鬼が大きなケガをした場合に治療が受けられる、医務室と集中治療室がある。

　そこに輸血用の血などもストックされている。

「はぁ……真白ちゃんが遊べないということは、わたしの夏休みどうなっちゃうの」

　結局、何もすることがないので、ほぼ毎日寮の部屋にこもってばかり。

　そのせいで、まさかの事態に襲われるとも知らずに。

　夏休み中の、とある日の夜。

　この日も普通に部屋で晩ごはんを作って、お風呂に入るまでベッドの上でゴロゴロしていたら。

　急に部屋の明かりが、すべて落ちた。

　え……えっ!?　停電《ていでん》……!?

　外は別に雷雨ってわけじゃないのに!?

　かなり急だったので、そばに明かりになりそうなものがない。

　スマホどこに置いたっけ？

　すると、しばらくして寮内の放送が流れてきた。

『予告していたとおり、先ほどからすべての寮で計画停電を行っています』

　えっ、予告なんてされてた!?

　わたし、まったく知らないんですけど!

　あ……でも待てよ。たしか寮全体で何かあるときは、いつも寮の入り口の掲示板に貼り紙されてたっけ。

　最近ちっとも部屋から出てないから、その貼り紙を見逃したのかもしれない!

　ずっと部屋に引きこもっていたせいだぁ……。

『終了の時刻は、22時を予定しています』

　えっ、というか、いま何時なの?

　とりあえず、動くと危ないからベッドの上でおとなしくしてようと思ったんだけど。

「ひっ……!　今度は何……!?」

　部屋の奥……窓のほうから何やらガタガタ音がする。

　風かと思ったけど、ずっと鳴ってるし。

　それに、なんかコンコンって窓を叩いてるような音がするし。

　ま、まさか不審者!?

　この暗闇で何も見えないってときに!

「あれー、この部屋だと思うんだけどなー」

　ひぃ……やっぱり外から男の人の声がする!

　なんで女子寮の外に男の人がいるの!

　立ち入り禁止でしょ!

　……って、あれ。ちょっと待ってよ。

　冷静になってみると、なんか今の声聞き覚えあるような。

　ま、まさか……まさか、ね？

　すると、大きな窓が開くような音がして。

「やっぱり緋羽ちゃんの部屋ここだ？」

「そ、その声は……透羽先輩？」

「そーだよ。ダメじゃん、窓ちゃんと施錠しておかないと」

「な、なんで先輩がここにいるんですか！」

「緋羽ちゃんが暗いの苦手だと思って、心配して来たんだよ？」

「へ……」

「緋羽ちゃん抜けてるとこあるから、計画停電のこと知らなくて、ひとりでパニックになってないかなーって」

「うぬっ……」

「その様子だと俺の読みは当たったわけだ？」

　す、すべて読まれてる……！

「さすが緋羽ちゃんの彼氏だね」

「彼氏になってもらった覚えないです……！」

「えー、あんなに俺と甘いことしてるのに？」

「それは、透羽先輩が血を欲しがる、から」

　って、なんでわたしの部屋わかったの？

　わたしの部屋は１階だけど、他の子もいて１階だけでも部屋の数はすごくあるのに。

　それを透羽先輩に聞いてみると、当たり前のように。

「そりゃ、緋羽ちゃんの匂いでわかるでしょ」

「先輩は犬ですか」

「いや、吸血鬼って目と鼻がものすごくいいんだよ」

　そうなんだ。でもまさか、部屋まであてられちゃうとは。

「だから、緋羽ちゃんが今ベッドの上にいるのもわかるよ」

「へ……きゃっ」

　暗闇で何も見えないのに、急に抱きしめられた感覚。

　透羽先輩の甘い匂いがふわっとする。

「どう？　吸血鬼ってすごいでしょ？」

「どさくさに紛れて抱きつかないでください！」

「ほら、あんま大きな声出さないで。俺がここにいること
バレたら大変でしょ」

「大変なのは透羽先輩だけです」

「いやいや、緋羽ちゃんが俺のこと誘ってきましたって言っ
たら同罪でしょ」

「意味わかんないです。そんなこといいから、離してくだ
さい！」

　さっきからギュッてしたまま。

　暗闇なのをいいことに、好き放題されちゃいそうな予感
がしてる。

「えー。久しぶりに会えたんだから、いーじゃん」

「誰か来たらどうするんですか……！」

「大丈夫だって。暗くて何も見えないし。入り口の扉は鍵
してあるでしょ？」

「してます……けど」

「あと、さっき俺が入ってきた窓も、ちゃんと鍵かけてお
いたし」

　あれ、なんかこの状況すごく危険じゃないですか？

　どこにも逃げられない──透羽先輩とふたりっきりの密室空間。

「これで俺たちを邪魔するものは、何もないわけだ？」

「何を企んでるんですか！」

「えー、別に何も？　ただ、緋羽ちゃんとベッドの上で愉しいことしようかなーって」

「ばっちり企んでるじゃないですか！」

「いいじゃん。緋羽ちゃんも愉しいことしたいでしょ？」

「し、したくな──ひぇ……っ」

　抱きしめられたまま、急に背中を上から下にかけて指先でツーッとなぞられた。

「相変わらず可愛い声出すね」

「やっ、ぅ……」

「ねぇ、緋羽ちゃん。いっこ聞いていい？」

「……？」

「なか、何もつけてないの？」

「へ……っ」

　先輩の指先が、背中のちょうど真ん中のところをトントンして。

「背中のとこなぞったら、ホック当たらなかったよ」

「っ……！?」

「もしかして、キャミソールだけ？」

　シャツの中に手を入れて、肩にあるキャミソールの紐を触ってる。

「このシャツの下、何もつけてないってエロいね」

「ぅ……シャツ、ダメ……っ」

　シャツの襟元のあたりを、グイグイ引っ張ってきてる。

「暗くてよく見えないなー」

「せ、先輩のバカ、変態……っ」

　精いっぱい抵抗するけど、暗くてうまくできてるのかもわかんない。

「だって、緋羽ちゃんがエロい格好して俺のこと誘うから」

「さ、誘ってない……っ」

「これが俺以外の男だったら、確実にアウトだし食われてるよ」

「や……っ、触らないで……」

「こーやってさ、抱きしめてるといいよねー。身体密着してんのたまんない」

「ぅ……」

「やわらかいのあたるんだよね。緋羽ちゃん俺好みの身体してる」

「うぅぅ……変態……!!」

「なんとでもどうぞ」

　先輩の腕の中で暴れてみるけど、ちっとも効果なし。

　いつまでこの状態が続くの……っ！

　またしても、心臓がドクドクうるさくなってる。

「今だけ俺の気がすむまで抱きしめていい？」

「やだって言ってもする……じゃないですか」

「緋羽ちゃんも俺に抱きしめられるの好きでしょ？」

　先輩がうまく自分のペースに巻き込んでくるから……ずるい。

　すると、いきなり部屋の明かりがパッとついた。

「あれ、思ったより早く終わったんだ」

　その瞬間、かなりの至近距離で透羽先輩の整った顔が目に飛び込んできた。

「近い……です！」

「今さらだねー。いいじゃん、俺と緋羽ちゃんの仲なんだから」

「よくないです！　もう停電終わったんだから、自分の部屋に帰ってください……！」

「冷たいなー。せっかくだから、泊まってくださいって可愛くおねだりできないの？」

「できないですし、しないです！」

　こんな状況が管理人さんにバレたら、間違いなく謹慎処分だよ。

　だから、早いところ自分の部屋に戻ってもらわないと。

　透羽先輩の背中を押して、侵入してきた窓のほうへ。

「もう少し緋羽ちゃんと一緒にいたかったなー」

「ダメです！　今すぐ帰ってください！」

　窓の鍵を開けるためにグッと力を入れた瞬間、事件は起きた。

「え……あれ、なにこれ」

　鍵の部分だけが、まるごと落ちてきたんですけど!?

　えっ、もしかして壊れた!?

　窓を押してみても、まったく開かないし。
「窓の鍵壊しちゃった？」
　これじゃ、先輩ここから出られないじゃん！
　入り口からだと、管理人さんがいるところを通らなきゃ
いけないし。
　この窓が唯一の外に出られる場所だったのに！
「これで俺は今日ここに泊まるしかないわけだ？」
　恐る恐る、透羽先輩の顔を見ると。
　なんとも愉しそうに笑ってるではないですか。
「朝までふたりっきりだね」
　ひぃっ、なんて危険な笑み……！
「甘いことたくさんしよっか」
「んなっ、しません……！」
　今日ひと晩、大丈夫かな。

　お風呂がまだなので、入ろうとしてるんだけど。
「ぜ、ぜったい覗いちゃダメですよ！」
「はいはい。俺ってそんな信用されてない？」
　さっきから、このやり取りを何回か繰り返してる。
「だって、先輩すぐ変なことしようとするから！」
「さすがに覗きはしないよ。見るならしっかり見たいしね」
　これじゃ安心していいのかどうか。
　いちおう脱衣所には鍵もついてるから、大丈夫だとは思
うけど。
　それから１時間くらい、お風呂に入って出てきてみると。

　準備万端で、ドライヤーを片手に持っている先輩がいた。

「おいで。髪乾かしてあげるよ」

「だ、大丈夫です、自分でやります」

「言うこと聞けないなら、今すぐ押し倒すよ？」

　キリッと睨むと、笑顔で跳ね返されてしまった。

　おとなしく先輩が座ってる前に腰を下ろすと。

「ん、いい子だねー」

　って、満足そうな声が聞こえた。

　ドライヤーのスイッチが入って、温かい風が髪に触れる。

　髪を乾かしてもらうのって、案外気持ちいいなぁ。

「俺って優しい彼氏だねー」

　もういいや。ドライヤーの音で聞こえなかったことにしよう。

「このまま後ろから噛みついちゃおうかなー」

「それはダメです！」

「やっぱり聞こえてるじゃん。さっきの無視するなんて冷たいなー」

　くっ……これもスルーすればよかったのに、とっさに反応しちゃったよ。

「ってかさ、俺以外の男は部屋にあげちゃダメだよ？」

「先輩くらいです、不法侵入してくるの」

「ひどいなー。緋羽ちゃんのこと守ってあげるつもりで来たのに」

「いま逆に危険にさらされてるような気がします」

　そして、あっという間に寝る時間。

　ベッドはひとつしかないし、予備の布団はないからどうしよう。

「はい、緋羽ちゃんおいで。一緒に寝よっか」

「ちょっ、なんでナチュラルにベッドの上にいるんですか！」

　呑気にこっちおいでって、布団をポンポンしてるし。

「だって寝るところ、ここしかないじゃん？」

「じゃあ、先輩が床で寝てください」

「わー、それはひどいな。俺、緋羽ちゃんを抱きしめないと寝られないから一緒に床で寝る？」

「わけわかんないこと言わないでください」

　ちっともベッドからどこうとしてくれない。

「ほら、おいで。何もしないって約束するから」

「きゃっ、ぅ……」

　半ば強引に腕をつかまれてベッドのほうへ。

　あぁぁ……またしても透羽先輩のペースに巻き込まれてるよ。

　ちゃんと拒否しなきゃダメなのに。

　もっと強く言えたらいいのに。

　……なんで、それができなくなってるの。

「緋羽ちゃんって身体小さいよね。俺が抱きしめたら、すっぽり収まっちゃうし」

「そんな抱きしめないでください」

「だってベッド狭いし？」

「それならわたしが床で寝ます」

「ダーメ。俺が許しません」

　こんな危険な透羽先輩と、ひとつのベッドの上で一夜を過ごすなんて心配しかない。

　寝てる間に何かされちゃったらどうしよう。

　さすがの先輩も、わたしが嫌がることはしないと思いたいけど。

　いちおう、釘は刺しておこう。

「な、何かしたら怒ります、叫びます」

「一緒のベッドで過ごしたことある仲なのに？」

「んなっ、あれは不可抗力ってやつで……！」

「じゃあ、俺が緋羽ちゃんに触れちゃっても、不可抗力ってわけだ？」

「い、意味わかんな——」

　抱きしめてただけなのに、突然真上に覆いかぶさって、組み敷かれてしまった。

　あっ……どうしよ。釘刺すはずが、なぜかいきなり襲われそうな大ピンチ。

「ってか、こんな状況で何もしないとか無理でしょ」

「な、何かしたら叫ぶって……」

「じゃあ……口塞いじゃえばいい？」

「へ……」

　顎をクイッと持ち上げられて、親指で軽く唇をなぞってくる。

「声、出してもいいよ。そしたら俺も容赦しないで塞ぐから」

「ぅ……」

　無理やりねじ伏せられてる気がする。

「緋羽ちゃん見てたら変な気起こるんだよ」

「変な、気……？」

「だいたいさ、男の俺がいるんだから。こんな脚が出てる部屋着なんてダメでしょ」

「ひゃっ……」

　無遠慮に先輩の大きな手が太ももに触れてくる。

「胸元も結構開いてるし。こんなんじゃ、何されても文句（もんく）言えないよ？」

「っ……」

「俺の前だけにして。こんな可愛い大胆（だいたん）な格好するの」

　甘い言葉、甘い触れ方。

　ひとつのベッドで、恋人同士でもないのに、こんなことしてるのおかしい。

「自分が可愛いって自覚してる？　緋羽ちゃんを狙ってる男、たくさんいるんだよ？」

「可愛くない……です」

「もちろん、俺もその中のひとりだけど」

　これが本気で言ってるのか、わかんない。

　だって、からかわれてるだけのような気がする……もん。

「だからさ、緋羽ちゃんに変なのが寄りつかないように」

　首筋に顔を埋めて、吸血する前みたいに舌で軽く舐めてきてる。

「……たくさん痕残させて」

　血を吸われてるわけじゃないのに、チクッと痛い。

　噛むというよりは、強く吸ってるような。

　何度もチュッて音を立てて、吸いついて。

「んっ……やぁ……」

「またそんな煽るような声出して」

「先輩が……変なことする、から……っ」

「そうだね、俺のせいだね──緋羽ちゃんが、こんな甘い声出してるの」

　血は吸われてないのに。

　身体が変な感じがするの、どうして？

　透羽先輩に触れられたりすると身体がおかしくなる。

「もう、やめ……て」

「あんま声出すと、隣の部屋の子に聞かれちゃうよ」

「うっ……や……っ」

「バレたら怒られちゃうね」

「お、怒られるのは先輩……だもん」

「ご心配なく。俺、緋羽ちゃんの彼氏だから、彼女に会いに来ましたって言うから」

　もう言ってることめちゃくちゃすぎる。

　散々、首筋にたくさんキスしたあと。

　とっても満足そうにわたしを見下ろしながら。

「綺麗な紅い痕……たくさんついた」

　身体にあんまり力が入らない。

　ベッドにクタッと横になったまま。

「もう、これ以上はしちゃダメ……です」

　ぷくっと頬を膨らませて、睨んでみたけど。

「怒ってるの？　可愛いなー、逆効果なのに」

　頬をむにむに触られて、クスクス笑いながら。

　極めつきは──。

「おやすみ、緋羽ちゃん」

「っ……！」

　唇のほぼ真横にキスが落ちてきた。

「ちゃんと唇は外したよ」

　たくさんドキドキさせられて、透羽先輩の体温を感じて
るせいで。

　この日の夜は、あんまり眠れなかった。

透羽先輩の、ものって印。

「今日晴れてよかったねー。絶好の海日和だ」

「な、なんでこんなことに」

　突然ですが、今わたしは透羽先輩とふたりで海に来ています。

　まだ学園は夏休み中。

　今日も寮の部屋でひとり過ごす予定だったのに。

　突然、透羽先輩からメッセージが届いた。

　この前、寮であった計画停電のときに、怖がっているであろうわたしを助けたお礼としてデートしよって。

　別に怖がってなかったし、助けてもらってないし。

　透羽先輩が勝手に部屋に来て、窓の鍵が壊れちゃうハプニングが起きただけで。

　むしろ危険な目にあったの間違いなのでは。

　……で、メッセージを無視したんだけど。

　デートしないと、また寮の部屋に来るとか言いだすから。

　それは困ると思って渋々オーケーしたわけですよ。

　そもそも海なんて久しぶりすぎて。

　水着を持っていないことに気づいて、お姉ちゃんに相談してみると。

　なぜかわたしよりテンション高くて。

　『なに、緋羽もついに運命の相手見つけたの!?　やーん、それなら早く報告してよー！』と、勘違いされてしまって。

　おまけに『海にデートってことは、そりゃもう攻めるしかないでしょ！　可愛い水着選ぶの手伝ってあげるから、すぐ帰ってきなさい！』と言われて……水着はなんとか用意できたけど。

　正直言うと、スタイルにまったく自信がないので、水着になることが憂うつすぎる……。

「緋羽ちゃん、どーしたの？　せっかく俺とデートなのにそんな仏頂面しちゃって」

「むぅ……デートじゃないですもん」

「そっか。俺とのデートがそんなに楽しみだったんだ？　俺の彼女は可愛いなー」

「んなっ、彼女じゃな──」

「はい、おとなしく俺と手つなごうねー」

「ぬぅ……」

　またしても丸め込まれちゃった。

「じゃあ、着替えたら海のほうで集合ね」

「…………」

「緋羽ちゃんのことだから、逃げたりしないか心配だなー」

　ギクッ。先輩ってば地味に鋭い。

「俺と一緒に人目のつかないところで着替える？」

「っ!?」

「俺の前で脱いでもらうことになっちゃうけど」

「に、逃げません！　約束します!!」

　これは逃げ出すほうが危険だ……！

　ダッシュで更衣室の中へ。

　まだ夏休み中だから、やっぱり人がすごい。

　それに……さっき砂浜を歩いてきたときも思ったけど。

　女子の皆さん、スタイル良すぎないですか……!?

　いや、変な目で見てるわけじゃないんだけど、みんなほら、胸すごく大きいし、スタイルいいし……！

　はぁぁぁ……ますます水着になるのやだぁ……。

　よりにもよって、選んだ水着は真っ白のビキニだし。

　下はスカートタイプを選んだけど。

　ほんとはワンピースタイプがよかったのに。

　お姉ちゃんが、デートなんだし小学生じゃないんだから却下って。

　こんなの着慣れてないし、背中と首筋の後ろの紐もうまく結べない。

　水着と格闘すること15分ほど。

　お姉ちゃんに内緒で買ったラッシュガードを羽織って。

　中の水着が見えないように、しっかりチャックを閉めて、これでよし！

　更衣室を出ると、さっきよりも人が増えていて、海のほうも人がいっぱい。

　透羽先輩どこにいるんだろう。

　この人混みの中で見つけられる気がしない。

　まあ、もし見つからなかったらひとりで海を満喫するのも──。

「ねーね、そこの可愛い子」

「ひとりなら俺たちと一緒に遊ばない？」

　この男の人たち、わたしに話しかけてる？

　でも、知り合いじゃないし。

　あっ、もしかして。

「えっと、人違いですか？」

「え？」

「あっ、てっきり誰かと間違えて声をかけてるのかと思って。はっ、もしかしてわたしと知り合いですか？」

　ふたり組の男の人たちは、マジかよって驚いて顔を合わせてる。

「いや、声をかけたのはキミだからで！　ひとりで暇なら俺たちと遊んでくれないかなーって」

「そうそう！　すごく可愛いから声かけたんだけど！」

「なるほど。それじゃあ、一緒に行きますか？」

「え、いいの!?」

　ふたりとも、うれしそうにパッと明るい顔を見せたかと思えば。

「他にもうひとり先輩も一緒ですけど、いいですか？」

　今度はなぜか突然、え？みたいな顔をして。

「それって、もしかして男？」

「そうです！」

　そして、また今度はかなりガッカリした顔をして。

「……なんだよ、男の連れいたのかよ」

「そりゃ、そうだよな。こんな可愛かったら男いるわな」

「しかも女の子の首元しっかり痕残ってんじゃん」

「いい感じに見えるところにつけてるあたり、相手の男かなり独占欲強い証拠だな……」

なんかよくわかんないけど、ふたりともかなり落ち込んでる様子で人の波（なみ）に消えていってしまった。

はて、今のなんだったんだろう。

そういえば、首元がどうとか言ってたけど。

何か痕が残って——。

「……!?」

な、何この紅い痕……!!

近くにあったトイレに駆け込んで鏡で確認してみると、首元にいくつか噛まれたみたいな痕が残ってる。

しかも、自分で確認できるかできないかくらいの絶妙な位置。

こ、これぜったい透羽先輩の仕業（しわざ）だ……!

もう、なんでこんな痕つけるの……!

急いでトイレから戻って、ひとりでプンプン怒ってると。

「わっ……な、なに？」

「見つけた、俺の可愛い彼女」

急に後ろから抱きしめられてびっくり。

あっ、この感じ……たぶん透羽先輩だ。

「ひとりで歩いてて大丈夫だった？」

「よくわからない男の人たちに話しかけられました」

「たぶんそれナンパだよ。緋羽ちゃん可愛いから」

「でも、わたしの首元を見て、ガッカリした様子でどっか行っちゃいました」

　すると、透羽先輩は勝ち誇った顔をして。

「痕ちゃんと残しておいてよかったなー」

「やっぱり、これ透羽先輩がやったんですか！」

「俺しかいないでしょ。緋羽ちゃんが俺のだって、はっきり肌に残ってるのいいね」

「わたしは先輩のじゃないですよ！」

「細かいことはいいから、早く海入ろうねー」

　うぬ……なんかうまくごまかされたような。

「あっ、先輩待ってください！　浮き輪借りたいです！」

「いや、いらないでしょ」

「いります！　わたし溺れちゃいますもん」

　透羽先輩は背が高くて脚も長いから、海に入っても溺れる心配ないだろうけど。

「俺が抱っこしてあげるから却下」

「えっ」

「ほら、おいで。ってか、上に着てるの脱がないと海に入れないでしょ」

　ラッシュガードだけは脱ぎたくないけど、海に入るなら脱がないと。

　でも、やっぱり恥ずかしくて無理……！

「こ、ここからは別行動にしましょう！」

「緋羽ちゃんバカなの？　何が楽しくて男ひとりで海入んなきゃいけないの」

「うぅ……じゃあ、砂浜でお城作り──」

「はい、脱がすからジッとしてて」

「ひ……ぇっ」

　ジーッとチャックの音がして、あっさり脱がされてしまった。

「う、あ……ぅ……」

　ど、どうしよう。スタイル良くないのに、こんな大胆なの着ておかしいって思われてる。

「……緋羽ちゃん、それダメ」

　ほ、ほら……先輩もあまりの似合ってなさに頭抱えちゃってるよ。

「ぅ……に、似合ってないの、わかってますもん……っ」

「……そうじゃなくて」

「きゃっ……」

　わたしのぜんぶを覆うように、大きな透羽先輩の身体に抱きしめられた。

「死ぬほど似合ってる。ものすごく可愛いよ」

「っ……」

「俺以外……誰にも見せたくない」

　恥ずかしくて身体が熱いのに。

　透羽先輩がそんなこと言うから、もっともっと熱くなる。

「なんで自覚ないかなー。世界一可愛いのに」

「せ、先輩……暑さで頭やられちゃってますか」

「緋羽ちゃんの可愛さにやられちゃってますよ」

　ギュッて抱きしめられると、いつもと違ってお互いの肌が直接触れ合って変な感じする。

「こんな大胆なの着てくるなんて想定外すぎたなー」

「変じゃない、ですか……？」

「緋羽ちゃんがいちばんだって」

「うぅ……お世辞は結構です……」

　透羽先輩は、スタイルよくて胸が大きい大人っぽい人が好きそうだもん。

　わたしのことは、きっと好みじゃない。

　そう思ったら、なんでかわかんないけどモヤモヤした。

「ってかさ、俺だいぶ嫉妬してるよ」

「へ……っ」

「だって、こんなの下着とほぼ一緒じゃん」

「でも、みんなこんなの着て……」

「他の子はいいけど、緋羽ちゃんはダメ。俺以外の男が見るの許せない」

　先輩は女の子が欲しがる言葉をぜんぶ熟知してる。

　だから、それにドキドキしちゃダメ。

「俺の緋羽ちゃんなのに」

「っ……」

「俺から離れるの禁止ね」

　抑えようとしても、胸のドキドキが止まらない。

　ギュッとつながれた手から、それが伝わらないか心配。

　結局、浮き輪を借りられなかったので。

「あんまり深いところはダメです！」

「えー。浅瀬なんて面白くないでしょ。子どもじゃないんだから」

　先輩ってば、お構いなしに深いほうにいくから、必死に
止めるんだけど。
「わたし溺れちゃいます」
「うん、だから俺が抱っこしてあげるって」
　グイグイ腕を引かれて、あっという間に水が胸の高さく
らいまできちゃった。
「ひぅ……っ、まって先輩……っ！」
「ん、おいで」
「きゃ……ぅ」
　抵抗しようとしても溺れちゃうかもなので、おとなしく
透羽先輩に抱っこされることに。
「お、重くないですか？」
「ぜーんぜん。むしろ軽くて心配かなー」
「ひゃっ、どこ触ってるんですか……！」
「これは不可抗力でしょ」
「うぬ……」
　腰のあたり……肌に直接先輩の大きな手が触れて、くす
ぐったい。
「あ、あんまり触ると溺れさせますよ」
「ははっ、やれるもんならどうぞ？」
　うぅ……悔しい……！
　先輩の肩に手を置いてググッと力を込めるけど、びくと
もしない。
「だいたいさ、抱っこされてるのは緋羽ちゃんなんだから」
　さっきまで両手で抱っこしてくれてたのに、急に片手だ

けにして。

「俺がこのまま緋羽ちゃんのこと離しちゃったら、どうなるのかなー？」

「うぅ……」

「緋羽ちゃんは、ふかーい海に落とされて溺れちゃうわけだ？」

「落としちゃダメ、です」

　おとなしく先輩の首筋に腕を回して、ギュッてしたら。

　先輩がフッと満足そうに笑って。

「可愛いなー。緋羽ちゃんから抱きついてくれるなんて」

「先輩が脅すからです」

「このまま海に住んだら、ずっと緋羽ちゃんに抱きついててもらえるね」

「変なこと言わないでください」

　抱きしめる力をゆるめて、下からすくいあげるように顔を覗き込んでくる。

　そんな愛おしそうな瞳で、こっち見るのずるい。

　透羽先輩が、こんなにやわらかい顔して笑ってるの初めて見た……かも。

　いつもは、胡散臭い笑顔をいろんな女の子に振りまいてるのに。

　今は……ちょっと違ったように映って見えた。

「どーしたの、急に固まっちゃって」

「え、あっ、えっと……」

「俺に見惚れちゃった？」

　今度は冗談っぽく、ははっと笑ってる。

「自意識過剰です」

「えー。俺は緋羽ちゃんの可愛さに見惚れてるよ？」

「っ……」

　ただじっと見つめ合ってるだけ。

　でも、お互いの肌が触れ合ってるせいで、ドキドキがさらに増してるような気がする。

　すると、先輩の視線がわずかに下に落ちて。

「あとさ、緋羽ちゃんって結構胸大きい──」

「そ、それ以上喋ったら、二度と透羽先輩に血あげません……!!」

　やっぱり、デリカシーない透羽先輩にドキドキしてたなんて撤回……!!

「緋羽ちゃーん、まだ怒ってるんですか？」

「むぅ……先輩なんて知りません……！」

　海から出て、パラソルを借りて砂浜で休憩することに。

「緋羽ちゃんの身体が素敵ですねって褒めただけなのに？」

「先輩が言うと変態にしか聞こえません！」

　あんなデリカシーないこと、さらっと言われてわたしは絶賛プンプン怒ってる。

「俺の可愛い姫さまは、ご機嫌斜めですか」

　プイッと顔を背けると。

「どうしたら機嫌直してくれますか？」

　こっちを向かそうとして、軽くわたしの髪に触れてる。

　ふんっ、ぜったい向かないもん。

「そうだ。かき氷でも食べる？　買ってこようか」

「…………」

「ひーうちゃん。機嫌直して俺のほう向いて」

「イチゴ、シロップ……」

「ん？　あっ、わかった。イチゴシロップのかき氷がいいんだ？」

　ムッとしたまま、首を縦に振ると。

「んじゃ、買ってくるから待ってて」

　わたしの頭をよしよし撫でて海の家のほうへ。

　こんなに可愛くない態度を取ってるのに透羽先輩は、ちっとも怒ったりしない。

　ちょっと強く当たりすぎたかなって後悔。

　先輩は、変なことばっかり言うけど、なんだかんだわたしには優しいし。

　ふと気づいたら最近いつも透羽先輩と一緒にいるような気がする。

　正確に言えば透羽先輩が会いに来てくれるから。

　わたしから透羽先輩に会いに行ったこと……数えるほどしかないかな。

　いつもしてもらってばかり。

　ってか、一緒にいないときまで透羽先輩のこと考えちゃうなんて、どうしちゃったのわたし……！

　あれ、それにしても先輩ちょっと戻って来るの遅くない？　って、また先輩のこと考えてるし！

　首をブンブン横に振って立ちあがり、海の家のほうを見ると。

　あっ、声かけられてる。

　わたしよりも年上っぽそうな、スタイル抜群（ばつぐん）なお姉さまたち。

　そりゃそっか。透羽先輩かっこいいし。

　ひとりで歩いてたら、女の人に声かけられちゃうよね。

　変なの……。また胸のあたりがちょっと重くて苦しい。

　前は、こんな光景（こうけい）を見てもなんとも思わなかったのに。

　少し離れたところから見てると、透羽先輩がかき氷を持ってこっちに戻ってきた。

「あれ、立ちあがってどうしたの？　どこか行くの？」

　何もショックなことなかったはずなのに。

　あんまり明るく振る舞えない。

「どうしたの。そんな悲しそうな顔して」

　え……、わたし今そんな顔してる……？

　でも、たしかにさっきより気持ちが沈んで、うまく笑えない……かも。

「気分悪い？」

「ち、ちが……う」

「じゃあ、かき氷食べたすぎて待ちきれなかったの？」

「ひゃっ」

　頬にピタッとかき氷のカップをあてられて、冷たすぎてびっくり。

「緋羽ちゃんが元気ないと心配になっちゃうなー」

「か、かき氷……食べたら元気になります」

「ほんと？　それじゃ食べよっか」

　あっ、また……やわらかく笑ってる。

「はい、緋羽ちゃんご希望のイチゴシロップのかき氷です」

「あ、ありがとうございます。あれ、先輩の分は？」

「俺はそんなに甘いの得意じゃないからねー」

　じゃあ、わたしの分だけわざわざ買ってきてくれたってこと？

「あっ、お金……」

「いいよ、これくらい気にしなくて」

「で、でも……」

「はい、あーん」

「んっ……」

　遠慮してたら、急にかき氷を口に入れられた。

　ヒヤッとして、イチゴシロップの甘みが口の中に広がっていく。

「冷たくて美味しいでしょ？」

「お、おいひい、です」

　気づいたら、さっきまで怒ってたのも、気持ちが重く感じたのも──ぜんぶなくなってる。

「緋羽ちゃんのご機嫌が直ったみたいで何よりです」

　そのままパクパクかき氷を食べ進めていると。

　横からものすごい視線を感じる。

「な、なんですか？」

「緋羽ちゃん可愛いなーって」

「ふへ……っ。急になんですか」

　動揺してかき氷を落としちゃうところだった。

「もう俺の視界には緋羽ちゃんしか映ってないんだよ。他の子には興味すらわかないし」

「でも……さっき、スタイル抜群なお姉さまたちに声かけられてましたよね……？」

「見てたんだ？」

　今どんな顔して先輩のこと見たらいいのかわかんない。

　だから、プイッと横を向くと。

「ちゃんと彼女がいるからって断ったけど」

「…………」

「あれ、彼女じゃないですって否定しないんだ？」

「…………」

「ひーうちゃん」

　今ぜったいダメ、先輩のほう向けない。

　のに……先輩の指先が顎に触れて、ちょっと強引に向かされてしまった。

「……顔、真っ赤」

「っ……」

　いつもなら彼女とか言われても否定して、言い返してたのに。

　今はできなかった。

「ひゃっ……」

　しかも、動揺しすぎて手元が震えて、かき氷がポタッと胸のところに落ちた。

　慌ててどうにかしようとしたら。

「……動揺してる緋羽ちゃんも可愛い」

「へ……っ」

　左胸の少し上のところに、透羽先輩が顔を埋めながら。

「もっと可愛い反応見たくなる」

「ひゃぁ……っ」

　熱い舌が肌に触れて、氷の冷たさは一瞬でどこかにいってしまった。

「ほら、またそんな誘うような声出して」

「っ……」

　ドキドキしてる気持ちが隠せない。

　認めたくないけど、透羽先輩だから……胸の鼓動が落ち着かないんだ。

　他の男の子に同じことされても、こんなにドキドキしたり真っ赤になったりしない。

　それに、先輩が他の女の人に声かけられたりするのも、嫌だって思ったり。

　気づきたくない気持ちが、薄っすら見えてきた。

　こんな気持ち……今はぜんぶ知らないふり。

気持ちの変化と、少しの不安。

夏休みが明けた9月の上旬。

「……う、ちゃん」

「…………」

「緋羽ちゃん？」

「はっ……！」

「大丈夫？　えっと、次の授業移動で……」

「あっ、そうだね！　ご、ごめんね真白ちゃん！　すぐに用意するね！」

ダメだダメだ、夏休み明けてからずっとこんな調子でボケッとしてる。

透羽先輩と海に出かけた日から、わたし完全におかしくなってる。

休み時間。

いつものように、都叶くんが真白ちゃんにベッタリ甘えてる様子が視界に入る。

このふたり相変わらずだなぁ。

都叶くんが甘えて、真白ちゃんがちょっと困って、あたふたして。

しかも、夏休み中にいろいろ進展があったみたいなので、お昼休みに聞き出してみると。

なんとびっくり。もう都叶くんのご両親に挨拶してる展

開にまでなってるみたい。

「えっと、緋羽ちゃんは最近どう？　あの、透羽先輩だっけ？　あれからうまくいってる？」

　不意打ちで名前が出てきて、飲んでいるイチゴミルクを噴き出しちゃったよ。

「なっ、え……あ、透羽先輩とは、ななな何もないよ！」

　もっとうまい芝居できないのかわたし……！

「夏休み中に何かあったんだね！」

「な、なんで!?」

「ふふっ。だって、緋羽ちゃん顔真っ赤だもん」

「えっ!?　うそっ!?」

　真白ちゃんの話を聞きだすはずが、気づいたらなんでか話の方向がわたしのほうに向いちゃってるし。

　それで、こうやって噂をしていると。

　何やら廊下のほうが騒がしくなって。

　女の子たちの黄色い声が飛び交って、それがどんどん近づいてくる。

「ひーうちゃん」

　聞き覚えのある声がして前の扉のほうを見ると――手をひらひら振ってる透羽先輩の姿。

　ひぃぃぃ……なんでここにいるの……!?

　あっという間に女の子５、６人に囲まれちゃってる。

　みんな瞳をキラキラさせて、透羽先輩に話しかけて気を引こうと必死になってるところを見ると、ちょっとモヤモヤする。

　うぅ、ダメだダメだ……！

　モヤモヤなんて気のせいだぁ……！

　すると、先輩が囲まれている女の子たちをさらっとかわして、わたしたちの席のほうにやってきた。

　プイッと違うところに目線を移すと。

「緋羽ちゃんってば、無視するなんて冷たいね」

「なんでここにいるんですか！」

　周りの視線すごいことになってるから……！

　ただでさえ注目の的なのに！

「緋羽ちゃんに会いたくて来ました」

「冗談やめてください！」

「本気だって。緋羽ちゃんも俺に会いたかったでしょ？」

「んなっ、そんなことないです！」

　別に会いたくなんて……ない、もん。

「えー。とか言って、夏休み中に俺と──」

「わぁぁぁ！　教室でその話やめてください！」

　透羽先輩が変なこと口走らないか、慌ててストップをかけようとしたら。

「じゃあ、今から俺とふたりっきりになれるところいく？」

「ダメです！　今は真白ちゃんと話してるんです！」

　いま先輩とふたりっきりになっちゃダメ。

　またドキドキさせられて、流されちゃうから。

　ちょっと強めに言うと、ちょっと残念そうにしてる。

　うっ……そんなシュンとした顔するのずるい。

「えっと、緋羽ちゃん？　わたし用事あるから、よかった

ら先輩とふたりの時間楽しんできて？」

　あぁぁぁ、真白ちゃんいい子だから、ぜったい気を遣ってる……！

「わー、さすが真白ちゃん。物分かりがよくて助かるよ」

「なっ、ちょっ、まっ──」

「じゃあ、しばらく緋羽ちゃん借りるね」

　わたしの返答はお構いなしで、スッと手を取られてしまって。

　その瞬間、周りにいる女の子たちの「キャー！」という叫び声が響いて。

　おまけに「何あれ、めっちゃ羨ましいんだけど！」とか、「最近さ、透羽先輩まったく遊ばなくなって本命できたって噂聞いたけど、もしかして緋羽ちゃんなの!?」とか。

　教室を出る寸前に、女の子たちのそんな会話が耳に入ってきた。

「やっとふたりっきりになれたね」

「教室まで来るなんて聞いてないです……！」

「だって、こうでもしないと俺から逃げちゃうでしょ？」

　連れてこられたのは、今は使われていない空き教室。

「ってか、俺が緋羽ちゃん不足だから、会いたくて仕方なかったんだけど」

　手をつながれたまま、あっという間に先輩の腕の中。

　そして、危険を合図するかのように、鍵がガチャッとかけられた音がした。

　しかも、お昼休み終了のチャイムも鳴ってしまった。

「じゃあ、緋羽ちゃんそこ座って」

「え。な、なんでですか」

　先輩が指さすほうに、人がふたり座れそうなサイズのソファがある。

「いいから。言うこと聞かないと噛むよ？」

「それは脅しです……！」

　仕方なく言われたとおりソファの上に座ると。

「ん、いい子。それじゃあ、今から俺のこと癒して」

「い、癒す……？」

　意味わかんなくて、ボケッとしてる間に先輩が隣に座ってきた。

　かと思えば、急にこちらに倒れてきて。

「ひゃっ……、なんですか……っ」

「緋羽ちゃんのやわらかい太もも貸してね」

　頭だけわたしの太ももにのせて、膝枕状態になってる。

「せっかくだから頭撫でてもらいたいなー」

　今日の先輩は、やけに甘えたがり。

「ゆ、有料です」

「ははっ。じゃあ、出世払いにしておいてください」

　最近、透羽先輩のいろんな表情を見ると、心臓がギュウッてなる。

「撫でてくれないんだ？」

　今度はクスッと笑いながら、わたしの頬に優しい手つきで触れてくる。

「俺はこんなに緋羽ちゃんに触れたくて仕方ないのに」

　先輩の綺麗な指先が唇をなぞってくる。

　じわりと触れながら、ときどきグッと力を込めて指を押しつけてきたり。

「キスも有料ですか？」

「し、したら怒ります……っ」

　キリッと睨んだのに。

「怒ってる緋羽ちゃんも可愛い」

　ちっとも効果ない。

「緋羽ちゃんも俺に触れたいと思ってくれたらいいのに」

　そのまま目を閉じて寝ちゃうし。

　先輩にとって、女の子とこうやって近くで触れ合ったり、甘いこと言うのは簡単なことかもしれない。

　反対にわたしは、慣れてないことばっかりでドキドキが止まらないのに。

　目線を下に落とすと、スヤスヤ気持ちよさそうに眠ってる透羽先輩の寝顔が見える。

　寝てるときだって、先輩の完璧な顔は崩れないんだ。

　この無防備(むぼうび)な寝顔を、いったいどれだけの女の子が見てきたんだろう。

　あぁ、またこうやってモヤモヤする。

　別に先輩がわたし以外の誰かと、こういうことしたって関係ないはずなのに。

　嫌だなんて思うの……おかしい。

　たぶん……ほぼ無意識。

　透羽先輩の髪に手を伸ばして、軽く触れるように撫でていた。

　寝てるからって油断してた。

「……かまってほしくなった？」

　髪に触れていた手をパシッとつかまれて、じっと見つめられて思わず固まる。

「お、起きて……っ」

「緋羽ちゃんから誘ってくれるなんてね」

「こ、これは……っ、さっき先輩が頭撫でてほしいって言ったから……」

「うん、もういいよ。素直に俺に触れたかったですって言いなよ」

「っ……」

　違うはずなのに、否定できない。

「……そんな可愛い顔されたら、俺あんま我慢できないよ」

　身体を起こして、前のめりでグッと距離を詰めてくる。

　ちょっと身体を後ろに引いても、あんまり逃げ場がない。

「おいで。たくさん甘いことしてあげるから」

「きゃっ……」

　急に腕を引かれて抱きしめられたかと思えば、ゆっくり身体がソファのほうに倒されていく。

「……このまま抱きたくなっちゃうね」

　自分の唇を舌でペロッと舐めながら、片方の口角をあげて笑ってる。

　危険な笑みを浮かべて、自分のネクタイをシュルッとゆ

るめる仕草が妙に色っぽく映って。

「し、しちゃダメ……っ」

　プイッと横を向いて、近づいてくる先輩を押し返そうとしたのに。

「ほんとにダメ？　そんな誘うような顔してるのに？」

「っ……」

　押し返した手を取られて、指を絡めてギュッとつないでくる。

「緋羽ちゃんのぜんぶ、俺のものになったらいいのに」

　ソファが深く沈んで、透羽先輩の顔がほぼ目の前。

　お互いの唇が触れるまで、ほんのわずか。

「……キス、したくなる」

　吐息がかかって、吸い込まれそう。

　触れ合う体温が、絡み合う視線が——ぜんぶ熱い。

「緋羽ちゃんが欲しがるまでしないけど」

「んっ……」

　先輩の親指がグッと唇に押しつけられて、ちょっと口をこじあけられて。

「もっと甘いことしよっか」

「ひゃっ……あぅ……」

　そのまま口の中に指が入り込んできて。

　スカートが少しまくられて、太もものあたりを軽く触れるように撫でてくる。

「緋羽ちゃんの口の中、熱いね」

「んんぅ……」

　指先が口の中をかき乱して、弄んでくる。

　弱いところ……同時にぜんぶしてくるの、ずるい……っ。

「どうやったら俺のことだけ見てくれる？」

「やぁ……ぅ」

「ねぇ、そんな可愛い声で鳴いてないで答えて」

「うぁ……せんぱいが、触る……からっ」

　みんなが授業受けてるのに。

　抜け出して、先輩とこんな密室で触れ合って。

　ダメなことしてるってわかってるのに。

「こんな可愛がりたいの、緋羽ちゃんだけだよ」

　それから1時間──透羽先輩に甘く攻められて拒否できなかった。

　そんなある日。

　思いもよらぬ人が、わたしのところへやってきた。

　それは放課後のこと。

「あなた、小桜緋羽ちゃんだよね？」

　教室を出たところで、急に声をかけられてびっくりした。

「そう……です」

　ものすごくスタイルがよくて、美人だって率直に思った。

　とくに知り合いでもないし、そんな人がわたしにいったいなんの用だろう？

　でも、相手の人はわたしの名前を知ってるし。

　それに……この人どこかで見たことあるような。

「今からちょっと時間ある？　少し話したいことがあるの」

　とくに断る理由もないし、場所を変えて話すことに。
「急に呼び出してごめんなさい。わたし３年で、那賀夢乃っていうの。あなたとこうして話すのは初めてね」

　夢乃さん……。名前もどこかで聞いたことあるような。
「今日は透羽のことで、あなたと話がしたいの」

　あっ……思い出した。

　少し前に透羽先輩と揉めてた人だ。

　わたしが、たまたま通りかかって、ふたりが話しているところに遭遇したとき。

　泣きながら飛び出してきた夢乃さんと目が合って、ものすごく気まずかったのを覚えてる。

「単刀直入に言うと透羽に近づくのをやめてほしいの。最近、透羽があなたと一緒にいるのをよく見かけるし、噂にもなってるわ。ふたりが付き合ってるんじゃないかって」
「そ、それは……」
「もちろん透羽はずっと前からいろんな女の子と遊んでいるし、あなたのこと本気じゃないだろうけど。でもね、わたしとしては透羽に近づく女は邪魔でしかないの。ただの遊びなら、どうせ透羽が飽きてそのうち終わるだろうから気にしていないけど」

　本気じゃないって言葉が妙にはっきり聞こえて、それが胸に強く刺さった。

　わかってる。透羽先輩は、ただわたしのことからかってるだけで別に本気じゃないことくらい。

「目ざわりなのよね。透羽のこと何も知らないくせに、

ちょっと特別扱いされてるからって、いい気になって」
「そんな、いい気になんて……」

　わたしの話には耳を傾けてもらえなくて、夢乃さんはさらに話し続ける。

「前は、どれだけ遊んでいてもわたしだけはずっと求め続けてくれたのに。あなたが現れたせいで透羽は変わった。わたしのこともう必要ないって。それどころか遊ぶのもやめて、あなた以外の女からは血をもらわないとまで言ってる。あなたさえいなければ、透羽はずっとわたしのことを見てくれていたのに」

　少し感情的になってるのか、声がどんどん大きくなって、荒らげるような話し方になってる。

「なんでわたしから透羽を奪うようなことするの。あなたよりも、わたしのほうが透羽のことよく知ってるし、過ごしてきた時間だって長いのに」
「う、奪うなんて、そんなつもりない……です」
「じゃあ、透羽のそばにいるのやめなさいよ。あなた透羽のこと好きじゃないんでしょ？　わたしは、あなたと違って本気なの。透羽のこと縛りつけないでよ」

　縛りつけてるつもりないのに。
　側から見たら、そう見えてしまうの……？
　それに、夢乃さんの言うとおり……透羽先輩のことが好きじゃないなら、"わかりました"って身を引けるはずなのに。
　胸のあたりに何か引っかかって、言葉として出てこない。

「それにね、わたしの血は他の子と違って特別に甘いの。

透羽がずっと夢中になっちゃうほどね」

　来る者拒まず去る者追わずの透羽先輩が、ずっと夢乃さんだけとは関係を続けてるなんて。

　そんなの特別な感情しかないじゃん。

　透羽先輩と過ごしてきた時間は、前より長くなってるはずなのに。

　それがぜんぶ一瞬で霞（かす）んでしまう。

「早いところ身を引きなさいよ。もし、あなたが透羽のそばにいるのやめないなら、こっちにもそれなりに考えはあるの。容赦しないから覚悟（かくご）してよね」

　黙り込んで下を向いたまま。

　わずかに下唇をギュッと噛みしめる。

「あと、わたしが今あなたに話したこと、透羽に告げ口するようなことしないでよね。これはあなたに対する忠告（ちゅうこく）なんだから」

　そう言い残して、夢乃さんはこの場をあとにした。

　残されたわたしは、ひとり立ち尽くした。

　頭の中でグルグルいろんなことがめぐる。

　夢乃さんにとって、透羽先輩はずっと想ってる相手で。

　それに、夢乃さんの血は特別に甘いって。

　透羽先輩が夢中になるほど。

　それを聞いて、嫌ってくらい胸がものすごく苦しい。

　同時に透羽先輩の特別になれるのが羨ましいって思った。

　透羽先輩と出会ってから、自分の知らない感情がたくさん出てくる。

　出会った頃は、自分の思い描く理想の相手とはかけ離れていたけれど。

　気づいたら透羽先輩の魅力に惹かれてた。

　わたしが嫌がることは、無理やりしてこないし。

　少し前に吸血鬼に襲われそうになったときも、助けてくれて。

　血が欲しいときでも、いちばんにわたしの身体のことを気遣ってくれて。

　優しいところも、変に律儀なところも──出会ったときより、透羽先輩のいいところをたくさん知れた。

　それに、透羽先輩が他の子に優しくしてるのが嫌でモヤモヤするのも、きっとそれはヤキモチを焼いてたから。

　見つめられて、触れられて──ぜんぶ透羽先輩だからドキドキしてた。

　もういい加減、気づいて認めなきゃいけない。

　いつの間にか、自分の気持ちに素直になることができなくなっていた。

　でも、もうぜんぶ確信した。

　わたしは──透羽先輩のことが好きなんだ。

第4章

取り巻く不穏な影。

　透羽先輩への気持ちを自覚してから数日。

「ひーうちゃん」

「……っ、な、ななんですか！」

　透羽先輩と一緒にいると、ことごとく不自然さ全開すぎて、こんなの何かあったってまるわかり。

　好きって気づいた以上、もう前みたいに接することなんかできるわけなくて。

「最近の緋羽ちゃん変だなーって。俺が声かけると、おかしいくらい変なリアクションするじゃん」

　普通にできるものならしたいけど。

　好きな人にこうも近い距離で見られたら、動揺しないわけない。

「何かあったでしょ？」

「べ、別に……、何もにゃい……です！」

「ふっ、猫みたいだね」

　今だって、朝は迎えに来なくていいですって言ってるのに、寮を出ると待ってるし。

　恋人同士でもないのに、距離感おかしいって……！

　それに、夢乃さんに言われたことも引っかかって。

　きっと、今こうしてわたしが透羽先輩のそばにいるのも気に入らないだろうから。

　わたしが、ひとり頭を悩ませてるっていうのに。

　急に空いてるほうの片手をスッと取られた。

　指を絡めて握って、しれっとそのまま学園に向けて歩き出しちゃうし。

「あの、手つなぐのおかしくないですか」

「そう？　だって、周りに見せつけないと。緋羽ちゃんは俺のですよって」

　本音を言うなら、あんまり透羽先輩と一緒にいるところを周りには見られたくない。

　夢乃さんが言ってた。わたしが透羽先輩のそばを離れないなら容赦しないって。

　それに、夢乃さんと話したことは言えないし。

　はぁ……どうしたらいいかな。

　せっかく透羽先輩のこと好きって気づいたのに。

「こ、こういうの……よく思わない人だっているかもしれないですよ」

「もしかして誰かに何か言われた？」

　ギクッ……。

　先輩って地味に鋭い。

「別に何も言われてない……ですよ。ただ、透羽先輩すごくモテるから」

「もし誰かに何か言われたり、されたりしたら俺に言うんだよ」

　急に立ち止まって、わたしの手をギュッと握りながら。

　こちらを振り返って、しっかり瞳を見て。

「ぜったい俺が守ってあげるから」

　こういうときだけ、真剣な顔して伝えてくるの……やっ
ぱりずるい。

　お昼休み。
　今日は天気もいいから、真白ちゃんと中庭でお昼を食べ
ることに。
　なんでも、今日は都叶くんが体調不良で休んでるみたい
で。相当心配してるのか、真白ちゃんいつもより元気なさ
そう。
「真白ちゃん、大丈夫？」
「あっ、うん……っ！　ごめんね、ずっと暗い顔ばかりし
ちゃって」
「ううん！　都叶くんのこと心配なんだよね？」
「うん。夏休み中にわたしをかばって大きなケガしちゃっ
たから。そのときに痛いほどわかったの。吸血鬼は大きな
ケガをすると血がたくさん必要になって、命に関わること
もあるんだって。だから、わたしがそばにいて少しでも音
季くんの支えになりたいなって」
　ふたりの関係は、もうただの契約相手じゃなくなってる。
　お互いがぜったいに必要な存在で想い合ってるって、す
ごくわかる。
「真白ちゃんと都叶くんが羨ましいなぁ。ふたりとも付き
合ってないのが信じられないよ！」
「そんなそんな。あれ、でも緋羽ちゃんも透羽先輩だっけ。
最近よく一緒にいるよね？」

「ぶっ……!!」

　あ、危ない。飲んでいるお茶を噴き出すところだった。

「ふたりともすごくお似合いだなぁって」

「いやいや!!　そ、そんなことないよ！」

「あっ、噂をすれば」

「えっ？」

　真白ちゃんが指さす先に、手をヒラヒラ振ってこっちに向かってきてる透羽先輩がいるではないですか。

「ひーうちゃん。ここにいたんだ？」

　な、なぜここに……!?

　慌てて真白ちゃんの後ろに隠れようとしたけど、時すでに遅し。

「教室に行ったらいないしさ。どうしても緋羽ちゃんに会いたかったから探したよ」

　うぅぅ……また心臓に悪い爆弾をさらっと落として。

　うれしそうな顔して、にこにこしてる笑顔も破壊力すごくて。

　ドキドキしないわけない……！

　わたしがこんな状態なのを知らない先輩はさらに。

「ん、緋羽ちゃんおいで」

　真白ちゃんの前だっていうのに、お構いなしで腕を広げて待ってる。

「会いたかったの俺だけ？」

「っ……」

「緋羽ちゃんに会いたくて、抱きしめたくて仕方ないのに」

　心臓バクバクで、爆発しちゃいそう。

　ついに透羽先輩が痺れを切らしたのか、真上から優しくギュッと抱きしめられた。

　先輩の体温、甘い匂い。

　ぜんぶ心地よく感じる。

「あの……っ、真白ちゃんが見てます」

「うん、知ってる。でもね、もう俺が緋羽ちゃんに触れないと死んじゃいそうなの」

　今、ドンッと心臓が大きく跳ねた。

　それに、プシューッと音が出そうなくらい、顔の内側からどんどん熱くなってる。

「め、目立ちます……」

「緋羽ちゃんは人目ばっかり気にするね。今は俺のことだけ意識してくれたらいいのに」

　ちょっと拗ねた声が聞こえて……ゆっくり身体が離されたかと思えば。

「また放課後まで会えないから——これくらい許して」

「っ!?」

　先輩の綺麗な顔がほぼ目の前。

　頬にチュッと軽く、やわらかいのが触れた。

　なっ、あ……う、今キスした……っ?

　口をパクパクしながら、先輩に何か言おうとしたのに。

「ごめんね、ふたりが楽しんでるところ邪魔しちゃって。緋羽ちゃん、また放課後ね」

　最後にわたしの頭をポンポン撫でて、何事もなかったか

のように去っていっちゃうから。

　あまりに突然で、反応できずに固まってると。

　真白ちゃんが大きな瞳をパチクリさせて、すごくびっくりしてる。

　それに、めちゃくちゃわたしのこと見てる。

　えっ、なになに……!?

　わたしの顔おかしいのかな……!?

「ひ、緋羽ちゃん顔真っ赤だよ？」

「へ……っ」

「真っ赤なリンゴみたい」

「っ……!!」

　あぁぁぁ……なんて恥ずかしい顔を見られちゃってるの……！

「それに透羽先輩すごいね。緋羽ちゃんのことだいすきってオーラがダダ漏れっていうか」

「そ、そんなことないよ！　あれはなんだろう、からかってるだけみたいな！」

「それは違うよ。だって、ほんとにだいすきじゃなかったら、あんなやわらかい表情で笑ったりしないと思うよ？」

　うっ……。

　天然な真白ちゃんが、ここまで言うとは。

「それに、緋羽ちゃんも透羽先輩に会えてすごくうれしそうな顔してたから。ごめんね、わたしがお邪魔だったかな」

「うぇ……!?　いや、えっと……うーんと」

　あぁぁぁ……ダメだ！

　動揺しすぎて日本語がまともに喋れない……！

「ふふっ。緋羽ちゃん素敵な王子様に出会えたみたいだね」

「なっ、ぅ……」

　完全に図星をつかれて、何も返せなかった。

　それから数日後。

　ものすごく嫌な出来事が起こった。

　それは放課後のこと。

　教室を出たところで、突然わたしの前に現れた——夢乃さんと、両サイドに男の人がふたり。

「なんでわたしがここに来たか、わかるわよね？」

　これはかなりまずい状況かもしれない。

　夢乃さんは腕を組んで、かなり怒ってる様子だし。

　両サイドの男の人ふたりは、見た目がかなり派手でネクタイについている校章はバラだった。つまり吸血鬼。

「わたし言ったよね。容赦しないって。ちょっとついてきてもらえる？　抵抗するなら力づくで連れて行くけど」

　きっと、今もまだ透羽先輩のそばにいるわたしの存在が邪魔で仕方ないから。

　わたしに拒否権なんてないまま、連れていかれたのは人目につかない校舎裏。

「ねぇ、まだ透羽のそばにいるの？　わたし言ったよね、早く身を引けって」

　夢乃さんがドンッと壁を蹴り飛ばした。

　びっくりした拍子に肩にビクッと力が入る。

「一度痛い目にあってみないとわからないの？　容赦しないって忠告したでしょ？」

　すると、ずっと黙っていた男の人ふたりがニッと笑いながら、わたしの手を壁に押さえつけた。

「なぁ、夢乃。この可愛い子、ほんとに俺らの好きにしていいわけ？」

「俺さ、こーゆー幼い顔した子すげータイプなんだよな」

　上から下まで舐めるように見てくる視線が、すごく気持ち悪い。

　目を合わせるのも嫌で、抵抗するように顔をわずかに横にそらすと。

「もう少し待って。この子の返答次第で決めるから」

　夢乃さんが急にわたしの顎をグッとつかんで、ものすごい顔で睨みつけてきた。

「今すごく危険な状況に置かれてるのわかる？　わたしの指示であなたを襲うことなんて簡単にできるんだから」

「なんで……こんなこと、するんですか……っ」

「同じこと何回も言わせないでくれる？　透羽に近づくあなたが邪魔なの。あなたがおとなしく身を引けば、わたしもこんな手荒なことするつもりなかったけど」

　好きだからそばにいたいと思っても、それすらもダメだって否定されてるみたいで。

「あ、それとこの前ね透羽が言ってたわ。あなたみたいな、子どもっぽいのは相手をするのが疲れるって。そんなふうに思われてるのに、まだ透羽のそばにいたい？」

　これがほんとかどうかなんて、わかんない。

　でも、今はそれが嫌ってくらい胸に刺さる。

「どうする？　あなたが今ここで、はっきり透羽のこと諦めますって言わないなら、何されるかわかるわよね？」

　男の人ふたりに手をつかまれて、力じゃかなうわけないから逃げられない。

「だいたいね、透羽があなたみたいなのを本気で相手にするわけないでしょ？　それもわからないなんて可哀想な子ね。透羽は誰だっていいんだから。どうせ付き合ったら捨てられるわよ。まさか自分が特別扱いされてるなんて勘違いしてないでしょうね？」

　少しでも透羽先輩に特別って思われてるかもしれないなんて——そんな期待は、やっぱりしちゃいけなかったんだ。

　それに、透羽先輩のはっきりした気持ちもわからない。

　自分の気持ちも迷子になり始めてる。

　このまま透羽先輩のこと好きでいても、いいことないんじゃないかって。

　いっそのこと諦めたほうが、ぜんぶ収まるんじゃないかって。

　どうするのが正解か、わからなくなる。

「ふーん。黙り込むんだ？　やっぱり少しくらい痛めつけてあげる。いいわよ、この子が諦めるって言うまで好きにして」

「おっ、やっとかよ。んじゃ、遠慮なく好きにやらせてもらうわ」

　ひとりが乱暴な手つきでわたしの両肩を持つと、壁に身体を押しつけて迫ってきた。

　その瞬間、背筋がゾクッとして身体の熱が一気に引いた。

「っ……」

　助けを呼びたいのに、恐怖（きょうふ）でまったく声が出ない。

　抵抗しようにも、びくともしない。

　恐怖から視界は涙でいっぱいになって、ただ唇を強くギュッと噛みしめることしかできない。

「うわー、泣き顔とかそそられるわー。もっと甘い声で鳴いてくれねーの？」

　最大限の抵抗として、相手と目を合わさないようにギュッと目をつぶって、顔を横に向けて。

「全然声出してくれねーな。ほら、もっと声出せよ」

「や……ぅ……」

　さらに手が奥に入ってきて、脚を閉じようと抵抗しても全然止まらない。

「なぁ、このまま血もらうのあり？　すげー甘い匂いするんだよなー」

　首筋に爪（つめ）を立てて、肌をじっくりなぞってくるのが気持ち悪くて仕方ない。

「少しくらいならいいよな。匂いからして契約してないみたいだし」

　透羽先輩以外の吸血鬼に血を吸われるなんて、ぜったいに嫌だ……っ。

　想像しただけでも血の気がサーッと引いていく。

　皮膚にチクッと鋭い痛みが走った瞬間。

「まっ……て、ください……っ」

　出そうになかった声を、なんとか振り絞った。

　あと少し遅かったら……噛まれてた。

　透羽先輩以外の男の人に噛まれるくらいなら……っ。

「もう……透羽先輩のこと、諦めます……っ。だから、これ以上はやめて……ください……っ」

　震える声で伝えると、夢乃さんがわたしのネクタイを乱暴に引っ張ってきた。

「今後、ぜったい透羽のそばに近づかないって誓える？」

　表情、声色……何もかもが威圧的で。

　"逆らったら許さない"って、そんな雰囲気。

　ここで、わたしが取る選択はひとつしかない。

「は……い……」

「そう。それならいいわ。最初からそう言えばよかったのに。そこまでにしてあげて。これ以上泣かれて誰かに見つかりでもしたら、厄介な問題になるから」

　拘束されていた手が離れて、最後に夢乃さんが「透羽のこと、ぜったいあなたに渡さないから」──睨みながら、そう言って去っていった。

　3人がいなくなったあと、足元から崩れるように地面に座り込んだ。

　透羽先輩じゃない男の人に触れられるのが、あんなに怖いなんて知らなかった。

　触れられたところぜんぶ……いまだに気持ち悪い感触が

残って消えない。

「うぅ……もうやだ……っ」

　震えは止まらないし、涙もポロポロあふれてくる。

　早く寮の部屋に帰りたいのに全然動けない。

　すると、何やらガサッと音がした。

　間違いなく、誰かが近づいてきてる足音がする。

　今は誰にも会いたくないし、このまま見つかりたくないのに。

「……緋羽ちゃん？」

「っ……」

　どうして見つけちゃうの……。

　同時に、この声を聞いてすごく安心して、涙がさらにブワッとあふれてきた。

「下駄箱で待ってても来ないから。心配になって探しに来てやっと見つけたのに。……なんでこんなところで泣いてるの？」

　とっさに乱れたブラウスをクシャッとつかむと。

　その動作を見逃さなかった透羽先輩が表情を歪めて、わたしと同じ目線になるようにしゃがみ込んだ。

「何があったの？　ちゃんと俺に話して」

「っ……」

　喉のあたりで何か詰まってるようで、言葉がうまく出てこない。

　代わりに出てくるのは涙ばかり。

「どうして泣いてるの。緋羽ちゃんがこんなにおびえて泣

いてるの、ぜったい放っておけない」

　震えるわたしを、包み込むように抱きしめてくれた。

　本気で心配してくれてるのが、嫌ってほど伝わる。

　でも、ここで先輩の優しさに甘えたらダメな気がして。

「何があったの。誰に何されたか話して。……こんなに泣いてるし、心配でたまらないよ」

　言いたいのに、言えない。

　だって、今こうして透羽先輩と一緒にいるところを夢乃さんに見られていたら。

　また、あんなふうに襲われるんじゃないかって。

「お願いだから、何があったのか話して」

「っ……、言えない……です」

　もう……あんな目にあいたくない。

　そうなると、もう透羽先輩のそばにいるのやめないといけない……。

　恋人でもないわたしが、守ってもらう資格だってないんだから……。

「わたしは、大丈夫……なので……っ」

「そんな嘘が俺に通用すると思ってる？　こんなに震えてるのに」

　普段は明るくふざけて、からかうばかりなのに。

　こういうときの透羽先輩は、これでもかってくらい優しくて、全力でわたしを守ろうとしてくれる。

「ほ、ほんとに何もないので……大丈夫……です」

「……どうして強がるの。そんなに俺に言えない？」

　ギュッて抱きしめる力を強くして。

　ほんとなら、先輩の優しさに甘えて抱きしめ返したいのに……今はそれができない。

　だから、距離を取ろうと先輩の身体を少し押し返すと。

「ダメだよ。ぜったい離さないから」

「っ……」

「緋羽ちゃんが話してくれないなら俺も強引にいくよ」

　どこかへ連れて行こうと、透羽先輩がわたしの身体に触れて抱きあげようとした途端。

「や、やだ……っ」

　とっさに身体が拒否した瞬間……透羽先輩の歪んだ顔が映った。

　心配してくれる先輩の優しさを、こんなふうに突き放すのは違うってわかってるのに。

　けど……今は素直にその優しさを受け止めることができない。

「俺に何も言えないし、触れられるのも嫌なんだね」

　諦めたような、落胆したような声。

「俺がこんなに心配してるの、緋羽ちゃんには伝わらないんだね。……そんなに俺って緋羽ちゃんに信用されてないんだ」

　今度は、ひどく悲しそうな顔が映った。

　違う……先輩にそんな顔させたいんじゃない。

　でも……。

「何も言えないんだね。少しでも俺のこと意識してくれて

るかもって期待したけど。それも無駄だったかな」

　感情がこれでもかってくらい空回りして言葉も出てこない。

　涙ばっかり……。

「ただ、俺が緋羽ちゃんに伝えてきたことに嘘はないよ。俺の表面的な態度に騙されない緋羽ちゃんの芯の強さに惹かれてたから」

　微かに触れるようにわたしの頭を優しく撫でたあと。

「ほんとはここから連れ出してあげたいけど。俺に触れられるのも嫌だろうから。落ち着いたら、ちゃんと寮の部屋に戻るって約束して」

　そう言うと、着ていたカーディガンを脱いで、ふわっとわたしの肩にかけてくれた。

「ごめんね、守ってあげられなくて」

「……っ」

　透羽先輩は何も悪くないのに、謝ることもないのに。

　自分から触れないでって線を引いて冷たくしたくせに、傷つくなんて矛盾もいいところ。

　カーディガンから透羽先輩の匂いがして、胸がこれでもかってくらい苦しい。

　好きなのに……伝えられない、そばにもいられない。

　去っていく先輩の背中が、涙のせいで滲んで見えない。

　透羽先輩の優しさを突き放したのはわたしなのに。

「うぅ……っ、こんな苦しいの知らない……っ」

　恋をして、好きな人ができたら悲しいことや苦しいこと

なんてないと思ってた。

　相手を想う気持ちさえあれば、それでいいって。

　だけど……憧れていた恋は、そんな簡単なものじゃな

かった。

自分の気持ちに素直になること。

「……ざくらさん」

「…………」

「小桜さん」

「…………」

「小桜緋羽さん」

　ハッとしたときには、だいぶ遅かった。

　窓の外に向いていた目線を、声のするほうへ戻すと。

「あなた前回の授業のときも外を見て注意されたわよね？
これで何回目かしら？」

　英語の教科担当の先生が、にっこり笑ってる。

　こめかみのところに怒りマークを何個もつけて。

「それに、今はなんの授業かわかってるの？　小桜さんは
そんなに数学が好きなのかしら？」

　机の上には、前の時間に使っていた数学の教科書が置か
れてる。

「す、すみません……」

　あぁ、またやっちゃった。

　ついこの前も、上の空状態で先生に怒られたばかりだっ
ていうのに。

「緋羽ちゃん、大丈夫？　ここ最近すごく元気なさそうに
見えるから」

お昼休み。

都叶くんに誘われてたのに、それを断ってわたしの話を聞こうとしてくれる優しい真白ちゃん。

「なんか、いろいろ考えてたら頭いっぱいになっちゃって。あっ、ごめんね！ こんなどんよりした空気にしちゃって」

ほんとは、真白ちゃんに心配かけたくない。

でも今は、どうしても笑うことができない。

あの日から、透羽先輩とはまったく会ってなくて。

向こうから会いに来ることもなければ、わたしから会いに行くこともない。

学年が違うから、学園内で顔を合わせることもないし。

これでよかったはずなのに。

ずっと透羽先輩のことが頭から離れなくて、考えちゃうなんて。

わたし、ものすごく透羽先輩のこと好きになってるじゃん……。

「緋羽ちゃん最近楽しそうにしてたのに、急に元気がなくなったみたいで心配だよ」

「…………」

「やっぱり透羽先輩と何かあったのかな」

「なんで、透羽先輩……？」

それに "やっぱり" って……？

「いつも明るくて元気な緋羽ちゃんが落ち込んでる原因っていったら、透羽先輩しかないかなって。わたしの勝手な思い込みだったらごめんね……っ！」

　あぁ……天然な真白ちゃんにすら気づかれてるなんて、相当わかりやすく態度に出てるんだ。

「透羽先輩といるとき楽しそうだったから。透羽先輩が会いに来たときも、緋羽ちゃん迷惑そうにしてるけど……。ふたりが話してる様子見ると、緋羽ちゃんは女の子らしい可愛い反応してるし、透羽先輩はそんな緋羽ちゃんが可愛くて仕方ないって、やわらかい表情で笑ってたから」

「そう、かな……」

「いつもわたし緋羽ちゃんにたくさん相談に乗ってもらってるし、励ましてもらってるから……っ。だからね、緋羽ちゃんも、わたしでよければ相談してね」

　優しいだけじゃなくて、思いやりが強い真白ちゃんが友達でよかった。

　それからまた数週間が過ぎたある日の放課後。

　教室内が何やらざわつき始めて、何かなと思って顔をあげると。

　予想外な人物——神結先輩が、わたしの席の前に立っていた。

「小桜さん、ちょっといいかな」

「えっ、あ……はい」

　ものすごく目立ってる。

　……のに、神結先輩は周りの視線は、いっさい気にしてない様子。

　透羽先輩もそうだけど、注目浴びてるって自覚してない

のかな。

「今から少し時間あるかな。話したいことがあってね」

　周りが一気にざわついた。

　クラスメイトの子たちの視線が痛すぎるよ……。

「だ、大丈夫です。えっと、場所変えてもいいですか」

「もちろん。ここだと話しにくいことでもあるから」

　教室から出るときも、女の子たちのヒソヒソ話す声が、あちらこちらから聞こえた。

　あまり人通りがない、屋上に向かう階段のところにやってきた。

「ごめんね、急に呼び出したりして」

「い、いえ」

「どうして僕が来たかわかる？」

「…………」

「こうやって聞くのは、ちょっとイジワルだったね。わかってると思うけど、今日は透羽のことで話がしたかったんだ」

　やっぱり……。なんとなくそうかなって、察してはいたけど。

　でも、話っていったい何を……。

「簡潔に言うとね、透羽死にそうだよ」

「え……っ。いや……か、簡潔すぎます……」

「っていうのは、軽い冗談だけど」

　ははっと笑いながら、全然冗談っぽくないこと言うから神結先輩はつかめない。

「まあ、冗談じゃないかもしれないけど」

「ど、どっちなんでしょうか」

「それは自分で会いに行って、たしかめてみたらどうかな」

「…………」

「会いたくない？　まあ、最近の透羽の様子を見る限り、小桜さんと何かあったのはわかるけど」

「会えない……です」

「どうして？　それは小桜さんの意思なの？」

　言葉に詰まって黙り込むと、神結先輩はすべてを悟ったように。

「もしかして、誰かに透羽とのこと何か言われたりした？」

「……っ」

「その様子だとそうみたいだね。まあ、女の子の嫉妬は結構厄介なものが多いからね」

「あの……っ、今こうして話してることは……」

　神結先輩は言いふらしたりする人じゃないと思うけど、もし夢乃さんにバレてしまったら……。

「じゃあ、いま話してるのは、僕と小桜さんだけの秘密にしておこうか。誰にも言わないって約束するよ」

　すると、軽くクスッと笑いながら、「まさか、あの透羽が本気になるとは僕も想定外だなあ」なんて。

　さらに。

「小桜さんも知ってると思うけど、透羽は見てのとおり昔から女遊びが激しくてね。僕も何度か巻き込まれたことあったから」

「巻き込まれたといいますと……」

「よく透羽が遊んだ女の子たちに、透羽の彼女は自分なのに全然大切にしてもらえないとか、他の子と遊ぶのやめるようにしてほしいとか。まあ、僕が透羽の苦情受付みたいになってたんだよね。そんなの僕に言われてもって感じだったけど」

　た、たしかに……。透羽先輩のことだから、フラフラ遊ぶだけ遊んで、そのあとは知らないって感じっぽいし。

「透羽は昔から自分できちんと落とし前をつけないから。いつか恨まれて刺されそうだよね。小桜さんもそう思わない？」

「そ、それはちょっと思います……」

　現に、夢乃さんみたいな人もいるわけだし。

「そうだよね。透羽も遊ぶのが楽しいだけで、本命の彼女は必要ないって口ぐせみたいに言ってたし。やっぱり一度くらい痛い目にあって、刺されたほうがいいのかな」

　神結先輩って、優しい顔してなかなか怖いこと言うなぁ……。

「来る者拒まずだし、遊びならいくらでも相手してるのがタチ悪いよね。そんな透羽のこと振り向かせられる女の子はいなかったんだよね」

　付け加えて「まあ、それは過去の話だけど」って。

「今は遊ぶのもやめて、ひとりに絞ったみたいだし。ただ、今まで本気の恋愛をしたことがないから苦戦してるみたいだけど」

「そう……ですか」

「僕の勘違いだったら申し訳ないけど、小桜さんは透羽の こと好きだよね？　それに、おそらくだけど透羽が遊んで た子に何か言われたんだよね」

　何も話していないのに、なんでこうもぜんぶあてられ ちゃうの……。

　わたしは嘘をつくのがへただし、すぐに顔に出るから何 も返す言葉がない。

「あまり深くは聞かないようにするけど。もし、誰かに何 か言われたとしても、それで簡単に諦められる程度の好 きって気持ちだったってこと？」

　今の言葉が痛いくらい胸に刺さった。

　他人に何か言われて、諦めようとして、逃げてる自分を 見透かされてるような気がして。

「ごめんね、言い方が少しきつかったね。小桜さんもいろ いろ悩んでるのに」

「い、いえ……。わたしがダメなんです。逃げてばかりで、 自分のことしか考えられなくて……」

　神結先輩の言うとおり、他人にとやかく言われたくらい で諦められる程度なら、そんなの好きって想う資格もない。

「誰かを好きになるのは、そんなに難しいことじゃないけ れど、嫌いになるのは難しいよね。相手への気持ちは消え てほしいって思って消えるものでもないし」

「…………」

「恋愛ってうまくいかないことが多いからね。客観的に見 ると、透羽と小桜さんはどうしてお互い想いを伝えないの

愛読者カード

お買い上げいただき、ありがとうございました!
今後の編集の参考にさせていただきますので、
下記の設問にお答えいただければ幸いです。よろしくお願いいたします。

本書のタイトル(　　　　　　　　　　　　　　　　　　　　　**)**

ご購入の理由は? 　1. 内容に興味がある　2. タイトルにひかれた　3. カバー(装丁)が好き　4. 帯(表紙に巻いてある言葉)にひかれた　5. 本の巻末広告を見て 6. ケータイ小説サイト「野いちご」を見て　7. 友達からの口コミ　8. 雑誌・紹介記事をみて　9. 本でしか読めない番外編や追加エピソードがある　10. 著者のファンだから　11. あらすじを見て　12. その他(　　　　　　　　　　　　　　　　　　　　　　　　　　)

本書を読んだ感想は? 　1. とても満足　2. 満足　3. ふつう　4. 不満

本書の作品をケータイ小説サイト「野いちご」で読んだことがありますか?
1. 読んだ　2. 途中まで読んだ　3. 読んだことがない　4. 「野いちご」を知らない

上の質問で、1または2と答えた人に質問です。「野いちご」で読んだことのある作品を、**本でもご購入された理由は?** 　1. また読み返したいから　2. いつでも読めるように手元においておきたいから　3. カバー(装丁)が良かったから　4. 著者のファンだから　5. その他(　　　　　　　　　　　　　　　　　　　　　　　　　)

1カ月に何冊くらいケータイ小説を本で買いますか? 　1. 1〜2冊買う　2. 3冊以上買う　3. 不定期で時々買う　4. 昔はよく買っていたが今はめったに買わない　5. 今回はじめて買った

本を選ぶときに参考にするものは? 　1. 友達からの口コミ　2. 書店で見て　3. ホームページ　4. 雑誌　5. テレビ　6. その他(　　　　　　　　　　　　　　　　　)

スマホ、ケータイは持ってますか?
1. スマホを持っている　2. ガラケーを持っている　3. 持っていない

学校で朝読書の時間はありますか? 　1. ある　2. 今年からなくなった　3. 昔はあった　4. ない

ご意見・ご感想をお聞かせください。

文庫化希望の作品があったら教えて下さい。

学校や生活の中で、興味関心のあること、悩みごとなどあれば、教えてください。

いただいたご意見を本の帯または新聞・雑誌・インターネット等の広告に使用させていただいてもよろしいですか?　1. よい　2. 匿名ならOK　3. 不可

ご協力、ありがとうございました!

（フリガナ）
氏　　名

住　　所　　〒

TEL　　　　　　　　　　　　　携帯／PHS

E-Mailアドレス

年齢　　　　　　　　　　　　性別

職業
1. 学生（小・中・高・大学（院）・専門学校）　　2. 会社員・公務員
3. 会社・団体役員　　4. パート・アルバイト　　5. 自営業
6. 自由業（　　　　　　　　　　　　　　　　　　）　7. 主婦　　8. 無職
9. その他（　　　　　　　　　　　　　　　　　　　　　　　　　　）

**今後、小社から新刊等の各種ご案内やアンケートのお願いをお送りしてもよろし
いですか？**
1. はい　　2. いいえ　　3. すでに届いている

※お手数ですが裏面もご記入ください。

か不思議で仕方ないけど」

「わたしが伝えても、振られる気しかしないです……」

　神結先輩は、かなり驚いた顔をして、今度は急に軽くははっと笑いだしてる。

「小桜さんは自分にもっと自信を持ったほうがいいよ。あと、自分がどれだけ透羽に想われてるか自覚してみるのもいいかもね」

「自信はない……ですね」

「もし、小桜さんが透羽のことを想う気持ちがあるなら、それを諦めないでほしいと僕は思うけどね」

　ひとりでグルグル考えてるだけで、結局先に進めないまま何も変わってない。

　しばらく距離を置いてるのに……透羽先輩を想う気持ちは、ちっとも消えない。

「透羽は、いつもテキトーだけど好きな子にだけは、とことん一途みたいだからさ。小桜さんも、自分の気持ちに素直になってみるといいかもね。もし、何か困ったことがあったら僕でよければ相談に乗るから」

　神結先輩と話してから、寮に帰ってきて気づいたら夜になっていた。

　ベッドに倒れ込んで、ボーッと天井を見上げる。

「はぁ……」

　さっきからため息を連発してる。

　自分の気持ちを押し殺して苦しいくらいなら、最初から

逃げたりしなきゃよかったのに……なんて。

　思い返してみれば、わたしから透羽先輩へ素直な気持ち
を伝えたことがない。

　いつも、透羽先輩が来てくれるのをただ待って、受け身
になってるだけで。

　素直になれないし、強がってばかり。

　そんなわたしに愛想も尽かさずにいてくれた透羽先輩の
気持ちをわかろうとしてなかった。

　冗談だとか、からかわれてるだけとか。

　今でも透羽先輩の気持ちは、わからないままだけど。

　それなら、自分が先に好きだって伝えて行動すればよ
かったのに。

　夢乃さんのことが怖くて逃げてばかりで、自分の気持ち
に正直になれなかった。

　けど……誰に何を言われたって、好きな気持ちを押し通
せばいいんだって。

　簡単に諦められるくらいの好きって気持ちなら、最初か
ら芽生えていなかったはずだから。

　もう少し自分の気持ちを整理して。

　一度……ちゃんと透羽先輩に想いを伝えたい。

　そう思って、その日は眠りについた。

　そして、また数日が過ぎた日のこと。

　透羽先輩とは、相変わらず顔を合わせていないし、連絡
も取っていない。

　結局わたし全然ダメじゃん……。何も変わってない。

　心のどこかで、今さら連絡しても相手にしてもらえない
かもって不安になったりもして。

　……って、こういうのが逃げにつながってるんだ。

　せっかくきちんと想いを伝えようと決めたのに。

　今まで透羽先輩がわたしにしてくれていたように……今
度はわたしのほうから行動しなくちゃ。

　そう思って、スマホを手に取った瞬間。

【会いたいから来て。別館にいるから】

　いきなり——透羽先輩から届いたメッセージに、これで
もかってくらい心臓がドキッとした。

　ものすごいタイミング……。

　連絡を取ろうとしたときに、向こうから来るなんて。

　でも、なんでわざわざ別館なんだろう。

　別館は今わたしがいる校舎とは違う、少し離れたところ
にある。

　あまり人の出入りがなくて、そこの別館は教室があると
かではなく、資料室や使わなくなったものを保管しておく
書庫などがある場所。

　わずかに、このメッセージに違和感を覚えた。

　いつもは透羽先輩から会いに来てくれていたから。

　なのに、わざわざ場所を指定してくるなんて。

　深く考えすぎ……かな。

　どちらにしても、透羽先輩と話ができそうだから、いい
かなって思ってると。

また、スマホが音を鳴らした。

短い通知音（つうちおん）じゃないから電話だ。

画面に表示されているのは、透羽先輩の名前。

何も考えず、とっさに応答（おうとう）を押した。

けど、数秒しても何も聞こえない。

いちおう通話状態になってるけど。

間違えてかけてきたのかなって思った直後——。

『ひう……ちゃん……っ』

わずかに……透羽先輩の苦しそうな声が聞こえた。

そして、そのまま無言（むごん）で通話が切れた。

えっ……。今のなに……？

さっきのメッセージといい、電話といい。

やっぱり何かおかしい、何か起きてるような気がする。

心臓が嫌な音を立ててバクバクしてる。

気づいたら教室を飛び出して、別館に向かっていた。

もしかして、透羽先輩に何かあったんじゃないかって、不安が大きくなっていく。

走ったせいで、別館に着いたころには息が切れていた。

呼吸を落ち着かせて、別館の入り口の扉を開けた瞬間……お香（こう）のような匂いが鼻をかすめた。

匂いをたどって奥に足を進めると、さらに甘ったるくて、くどい匂いが強くなる。

別館のいちばん奥の部屋。

何か声がするような気がして、恐る恐る近づくと。

入り口の扉が少し開いていた。

　中を覗くと、見たくなかった光景が目に飛び込んできた。

「ねぇ、透羽。そろそろいいでしょ？」

　透羽先輩の上に夢乃さんが跨って、迫ってるところ。

　夢乃さんが自らブラウスを脱いで……。

　ふたりの距離はかなり近い。

　さっきのメッセージは、夢乃さんとのことをわざわざ見せつけるために送ってきたの……？

　でも、さっきの苦しそうな声でかけてきた電話は……？

　考えても、ちっともわからない。

　ただ、今は胸が張り裂けるように苦しくて……視界が涙でぼやけていく。

　気づいたら、ふたりを視界から消して背を向けていた。

　透羽先輩が、他の人に触れられてるのを見ただけで……こんな苦しくなるなんて。

　ギュッと下唇を噛みしめて、どうしようもない気持ちをぶつけるところもなくて……スカートの裾を強く握りしめた直後。

　ガシャンッと、ガラスが割れたような大きな音が鳴った。

　い、今の音は何……？

　部屋の中で何かあったの……？

　急いで視界に残ってる涙を拭って、もう一度部屋の中を覗き込んだ。

　え……っ。な、なんで……。

　見た瞬間、びっくりして心臓が止まるかと思った。

　だって……透羽先輩が、近くにあった窓ガラスを手で

割っていたから。

　どうしてあんなことしてるの……？

　少し離れたわたしの位置からでも、透羽先輩の手から血が流れているのがわかる。

　とっさに部屋の中に入ってしまった。

　でも、ふたりはわたしにまったく気づいてない様子。

「ちょっと、透羽……！　何してるの……っ！」

「っ……、もう近づくなって……」

　透羽先輩の苦しそうな声。

　それに、身体に力が入らないのかフラフラしてる。

「なんで……このお香の効果どうなってるのよ……！　全然効いてないじゃない！」

　もしかして、この甘い匂いのお香に何かあるの……？

「ねぇ、血が足りなくて欲しくてたまらないんでしょ？　だったら、わたしの首を噛んでよ……！　それで、そのままわたしと契約したらいいじゃない……！」

　夢乃さんが泣きながら叫んで、弱ってる透羽先輩の身体を必死に揺すってる。

　動けない透羽先輩は力なく床に座り込んでるのに、夢乃さんは迫るのをやめない。

「こんなので俺と契約したって、俺は夢乃のものにはならないし……」

「なんで……っ。血が足りなくて死にそうなのに、どうして目の前にいるわたしの血を欲しがらないの！　今だって手から出血もしてるのに！」

　もうこれ以上、出血したら危ない状態のはず。

「緋羽ちゃん以外の血もらうくらいなら——死んだほうがいい」

　……なのに、落ちているガラスの破片を手に取って、また自分の手を傷つけて……。

「俺の心は——緋羽ちゃんにしか奪えない」

　たぶん、ほぼ何も考えてなかった。

　気づいたら身体が動いてて、透羽先輩を守るように……ギュッと抱きついてた。

　もうこれ以上、傷ついてほしくない……っ。

　好きなら譲らなきゃいい。

　他人に何を言われたって、何をされたって。

　逃げてばかりじゃダメだって。

　簡単に諦められないくらい好きなら、手放さずに素直に自分の気持ちを伝えればいい。

「どいてよ……！　透羽は今からわたしと契約するんだから！　あなたは邪魔なの！」

「い、嫌です、どきません……！　もうこれ以上、透羽先輩のこと傷つけないで……っ！」

　ぜったい渡さないって、透羽先輩のことをさらに抱きしめると……わずかに残ってる力で、抱きしめ返してくれた。

「そんなこと言っていいのかしら!?　今度は容赦しないわよ！」

「や、やれるものならやればいいです……！　わたしは、夢乃さんに何をされても、何を言われても……透羽先輩の

そばを離れないって決めました……！　あなたなんかに、ぜったい透羽先輩を渡さない……！」

　こんなに大声を出して、人に強く言ったのは初めてかもしれない。

「なんで……わたしの思うようにいかないのよ……！　こんなはずじゃなかったのに……！」

　泣きながら叫んだ夢乃さんは、悔しそうに怒りに任せて、ここを出ていった。

好きだから、渡したくない。

「せ、先輩……っ、大丈夫ですか……っ」

　わたしの腕の中で、グタッと力が抜けて目を閉じてる。

　顔色が悪くて汗もすごいし、身体も異常なくらい震えてるし意識もあるかわからない。

「ん……ひう……ちゃん……？」

「そ、そうです、大丈夫ですか……っ？」

　よかった、意識はあるみたい。

　でも、喋るのもすごくつらそう。

「……なんとか大丈夫かな」

「な、なんで……っ、手切っちゃうんですか……っ」

　吸血鬼にとって出血は、量が多ければ多いほど命に関わることだってある深刻なことなのに。

「痛みで……耐えるしかなかった、から」

　今もまだ手からの出血が止まってない。

　すぐに誰か呼んで、手当てしてもらわないと……っ。

　でも……今は、こんな状態の先輩を置いて、そばを離れたくない。

　透羽先輩の手をスッと取って……指を絡めてギュッと握ると。

「……ごめん。これ以上、俺に触れないで……」

　無い力で、わたしのことを離そうとしてきてる。

「緋羽ちゃんを傷つけるようなこと……したくない」

　落ちているガラスの破片に手を伸ばして、それをギュッと強く握ってる。

「やめて、ください……っ。まだ血が止まってないのに、そんなことしちゃダメ……っ」

　必死に止めても、先輩は全然言うことを聞いてくれない。

「だって、痛みで理性つながないと……今の俺、緋羽ちゃんに何するかわかんないよ……」

「これ以上、出血したら危ないから……っ」

「俺の心配より緋羽ちゃんは自分の心配して……。俺さ、夢乃が仕掛けた……お香。あれのせいで全然力入らないし、理性おかしくなってる……から」

　もうだいぶ、お香の匂いは収まってるけど、出血がひどいせいか透羽先輩はつらそうなまま。

「こんなお香のせいで緋羽ちゃんのこと襲ったら、俺また嫌われちゃうね……」

「き、嫌ったりしません……」

「それはさ……別に俺のことが好きじゃないから？」

「今日は先輩のほうがひねくれてます……」

「緋羽ちゃんに似たのかな」

　ほんとは、こんな会話を呑気にしてる場合じゃないのに。

　今はとりあえず、透羽先輩のケガを治すことが最優先だから。

　首筋がうまく見えるようにネクタイを少しゆるめて、ブラウスのボタンも外した。

「緋羽ちゃん……っ、何してるの」

「先輩に血をあげようと思って」

「いや……だからって急に脱ぐの反則だよ。それ、俺以外の男の前でやってないよね？」

「透羽先輩だけ……です」

「……あんなに俺に血をくれるの嫌がってたのに」

「ケガ、してる……から」

「理由はそれだけ？」

　ちゃんと伝えるって決めたのに、いざ先輩を目の前にしたら何も言えなくなっちゃう。

「透羽先輩だけに血をあげたい……と思ったから、です」

「っ……ずるい。俺だけ特別みたいに聞こえるよ」

「と、特別……です」

　恥ずかしくなって、うつむくと。

　うまく目線が絡むように、すくいあげるようにこっちを見てくる。

「……そこまで言われたら期待しちゃうけど」

　熱っぽい瞳がとらえて離してくれない。

　うまく言葉に出せなくて、控えめにじっと見つめ返すと。

「緋羽ちゃんずるい……。どこまで俺のこと翻弄したら気がすむの」

　距離がグッと近くなって——ふわっと唇が重なった。

「緋羽ちゃんが欲しがるまで……唇にはキスしないつもりだったけど。俺が我慢できなかった」

「んんっ……」

　触れてすぐに離れたと思ったら、今度は強く押しつけ

られて——やわらかくて、すごく熱い。

「はぁ……っ、やば。……溺れそう」

「まっ……んぅ」

　キスなんて初めてで、息の仕方もわかんない。

　唇ぜんぶ……食べられてるみたいで。

　甘くて、熱くて、溶けちゃいそう……っ。

「あー……無理。今ほんと抑えきかない……」

　唇が触れたまま、先輩の指先がわたしの首筋に触れて、肌をなぞってくる。

「もういろいろ限界……」

　キスが止まって、やっと息を吸えたのに落ち着くひまもなく、透羽先輩が首筋に顔を埋めて噛むところを探してる。

　余裕がないのか、いつもみたいにあまり時間をかけないで、すぐに鋭い痛みが皮膚に刺さる。

「い、た……っ」

「……ごめん、うまく加減できない」

「ん……っ」

　八重歯がさらに深く入り込んできて、ものすごくたくさん血を吸われてる。

「痛いね、ごめん……」

「ぅ……っ」

　意識も少しずつクラクラして、頭がふわふわしてる。

　少し貧血に近い状態かもしれない。

「緋羽ちゃんの血……甘くておかしくなる……」

「うぁ……っ」

　ずっと血を吸われて、ちょっとずつ限界が近づいてる。

　でも、先輩ケガして出血してるから。

　血が足りなくて、ものすごく血を欲してるのがわかる。

　だから、できる限りたくさん血をあげないと。

「もう止める……から」

「先輩が満足するまで、あげる……っ」

　あんまり力ないけど、先輩の首筋に腕を回してギュッと抱きつくと。

　先輩の肩がピクッと動いて。

「っ……、そんな可愛いの反則だって」

　血を止めるために、噛んだところを舌で舐めたあと。

　意識がふわっとして、視界がグラッと揺れた瞬間——。

「好きだよ、緋羽ちゃん」

　甘いキスが落ちて、一度プツリと意識が切れた。

　次に目を覚ますと、なんでかベッドに横になっていた。

　あれ……ここどこ？　何があったんだっけ？

　頭がふわふわしてる状態で、真横に目線を移すと。

「……起きた？」

「へ……。なんで、透羽先輩が……」

　わたしと一緒にベッドで寝てる。

「身体平気？　貧血になってたから、血をたくさん作る促進剤を点滴してもらったけど」

「わたし、貧血になったんですか？」

「うん。俺が欲しがりすぎてたせいで」

　わたしの頬に触れてきたとき……手に巻かれてる包帯に気づいた。

　そうだ……。夢乃さんに迫られて、透羽先輩ケガして出血して……それで血をあげたら、わたしが意識を失っちゃったんだ。

「ごめんね、俺のせいで」

「せ、先輩ケガは……っ？」

「大丈夫だよ。緋羽ちゃんが血をくれたおかげで、出血は止まったし、養護教諭の先生に手当てしてもらったから」

　わたしの意識が飛んでから、透羽先輩が別館から運んでくれたみたいで、そのまま医務室で治療を受けたそう。

　そうなると、今ここは医務室のベッドかと思ったけど。

　どうやら違うみたいで。

　神結先輩が特別に用意してくれた学園内の一室にいるみたい。

　今日ひと晩、わたしたちが寮に帰らなくてもいいように、いろいろ取りはからってくれたらしい。

「よかったです……っ。でも、あんなに出血してたのに、ほんとに大丈夫ですか……っ？」

「平気だよ。それより緋羽ちゃんの身体のほうが心配。気分はどう？」

「少しめまいがするくらいです」

「そっか。ほんとにごめん。俺のせいで緋羽ちゃんに負担かけちゃって」

「あ、謝らないでください。先輩が無事なら、それでいい

です」

　命に関わるような大ケガにつながらなくて、ほんとによかった。

「夢乃に脅されてたの気づけなくて、一方的に緋羽ちゃんを責めたりしてごめんね」

「なんで、それを……」

「夢乃に問いただしたら白状したんだよ。俺に近づくなって緋羽ちゃんを脅してたこと。それに……ごめんね、怖い思いもさせたみたいで」

「い、いえ。わたしのほうこそ、何も言えなくてごめんなさい……っ」

「緋羽ちゃんは悪くないでしょ。まあ、もとをたどれば、俺がだらしなかったのが原因だし。それで緋羽ちゃんに嫌な思いさせちゃったし」

　別館の部屋で何があったのか話を聞くと、夢乃さんが透羽先輩に無理やり契約を迫ったみたいで。

　透羽先輩とふたりでいるところをわたしに見せつけて諦めさせるために、透羽先輩のスマホを奪って夢乃さんがメッセージを送ってきたらしい。

　そのときから、お香の匂いが部屋中に充満してたみたい。

　透羽先輩は意識が朦朧としてる中でスマホを奪い返して、わたしに来ちゃダメって伝えるために電話をかけて。

　でも、うまく話せなくて、あんなかたちで電話が途中で切れてしまったみたい。

「あの、お香の効果って……」

「あれ、吸血鬼にしか効かないやつなんだよ。吸血欲を高める成分が入ってるから、あの匂い吸うとものすごく血が欲しくなるし。夢乃はそこを狙って、俺に契約を迫ってきたのかも」

「そ、そうだったんですね」

「しかも俺、緋羽ちゃんと離れてる間ずっと誰からも血もらってないから、お香の効果が抜群に効いてたんだよ。だから、痛みで理性つなぐしかないと思って」

「それで、ガラスの破片で手を切ったんですか」

「だって、俺いまは好きな子以外の血はぜったい欲しくないし」

　ここで、ふと意識が飛ぶ前の出来事が思い浮かぶ。

　あれ……たしか血をあげる前に……透羽先輩にキスされたような。

　今もまだ、唇にやわらかい感触が残って消えてない。

　それに、意識が飛ぶ寸前に――『好きだよ、緋羽ちゃん』そう聞こえた。

　ぜんぶ思い出したせいで、ドッと恥ずかしさに襲われる。

　急に心臓がバクバクして、先輩の顔見られない……！

　慌てて頭から布団をバサッとかぶると。

「ひーうちゃん。急にどうしたんですかー？」

「ぅ……っ」

「隠れてないで、可愛い顔ちゃんと見せて」

　簡単に布団を取られて、隠れたの意味なし。

「あれ、顔真っ赤になっちゃった」

「先輩のせい、です」

　ついさっきまで弱ってたのに、今は生き生きとした顔してる。

「どうして俺のせいなの？」

「キ、キス……っ」

「うん、したね。もういっかいする？」

　クスクス笑って、わたしの顎に指を添えてる。

「し、しな……んっ……」

　不意をつかれて、チュッと軽く唇が触れた。

「可愛いからしちゃった」

「っ……」

「そんな可愛い顔して。もっとしたくなるじゃん」

　またしてこようとしたから、とっさに人差し指で唇の前にバッテンを作った。

「ダメなの？」

「……ダメ、です」

「こんなに緋羽ちゃんのこと好きなのに？」

　今さらっと伝えられて拍子抜け。

　……したのを見逃さなかったのか、油断してたらまたキスしてきた。

　でも、ちょっと触れただけで、すぐ離れた。

　けど、ものすごく至近距離で見つめられてる。

　ちょっと唇を動かしたら、ピタッと触れちゃいそう。

「ねぇ……緋羽ちゃんは俺のこと好き？」

「ふへ……っ」

「好きなら……キスして」

　ずるい、ずるい……。透羽先輩は、どこまでもずるい。

　わかってるのに聞いて、キスをせがんできてるの。

「ぅ……やっ……」

「顔が全然拒否してないよ？」

　プイッと横を向きたくても、先輩の顔が近すぎてできないし。

「もっと緋羽ちゃんとキスしたいのに」

「ひぁ……っ」

　待ちきれないよって、先輩が舌を出してわたしの唇をペロッと舐めてきた。

「このまま……緋羽ちゃんの口の中にいれちゃうよ」

　舐めてただけなのに、口の中に割って入ってこようとしてる。

「緋羽ちゃんの気持ち……教えて」

「っ……」

　キスする寸前……いま想うありったけの気持ちをぜんぶ込めて……。

「透羽先輩、だいすき……っ」

　少し唇をとがらせて、チュッとキスした。

　触れたところがジンッと熱くて、恥ずかしくて耐えられないから離れようとしたら。

「可愛い……死ぬほど可愛い」

「へ……んんっ」

「緋羽ちゃんの可愛さぜんぶ――俺にちょうだい」

　気づいたら後頭部に先輩の手が回って、離れることを許してくれない。

　かなり強引に唇を塞がれて、吸い込まれるようにやわらかい感触に包まれていく。

「あー……どれだけしても足りない」

「ふっ、んぅ……」

「俺が満足するまで……たくさんしよ」

　いったいどれだけの時間キスしていたかわからないくらい──この日の夜は、透羽先輩と甘い時間を過ごした。

　あれから２週間ほどが過ぎた。

　透羽先輩は、医務室に泊まり込みできちんと治療を受けて、最近やっと元の状態までに回復できた。

　そして今日寮のほうへ帰ってこられたので、神結先輩と一緒にお見舞いに行くことに。

「はぁぁぁ……緋羽ちゃんに触れられるの幸せだなー」

「ちょっ、神結先輩が見てます……！」

「はいはい、空逢なんて空気だと思おうねー」

　部屋に入って早々、ベッドで寝てた透羽先輩につかまって抱きつかれてしまった。

「これだけ元気があるなら、もっと出血させて死の間際まででいかせてあげればよかったね」

　神結先輩やっぱり怖い……！　ほんとに透羽先輩と仲良しなんだよね……!?

「空逢は相変わらず俺には冷たいのな。緋羽ちゃんは、こ

んなに可愛いのに」

「んぎゃ……っ、どこに顔埋めてるんですか……！」

「緋羽ちゃんのやわらかい胸――」

「っ!?　せ、先輩のバカ……！　デリカシーなさすぎです……!!」

「そんな俺が好きなくせに？」

「うっ……」

　何も言えなくなって、透羽先輩の胸を軽くポカポカ叩いてると。

「透羽がここまで惚れこんでるなんて珍しいこともあるんだね。相変わらず小桜さんの前だと気持ち悪い顔で笑ってるし」

「惚れこんでるのは認めるけど。お前だって恋音ちゃんを前にしたら、すげー気持ち悪い顔で笑ってるからな」

「それは僕の恋音が可愛すぎるのが悪いよね」

「俺の緋羽ちゃんも可愛さでは負けてないけど」

「僕の恋音は世界一だからね」

「俺の緋羽ちゃんは宇宙一だからな」

　こ、このふたり……やっぱり仲良しだ。

　会話の内容は、もはや幼稚園児みたいだけど！

「まあ、とりあえずふたりに大きなケガがなくてよかったよ。透羽に関しては、自分の過去を反省してほしいけどね。もう二度とこんな事件が起こらないようにね」

　あれから、夢乃さんは学園を退学になった。

　わたしにしたこと、透羽先輩にしたこと……すべて学園

側に報告があがり、処分が決まった。

　そして、神結先輩が二度とわたしと透羽先輩に近づかないようにって、夢乃さんに誓約書まで書かせていた。

「また僕に借りができたね。どうやって返してもらおうか」

「お前はほんと抜かりないよな」

「当然でしょ。これで何回目かなあ、透羽が起こした問題を片づけてあげたの」

「それに関しては感謝してます、神様、仏様、空逢様」

「かなり痛い目にあったんだから、これからは小桜さんのことだけ大切にしてあげなよ」

「もちろん。俺いま緋羽ちゃんしか眼中にないし。他の子とかどうでもいいんだよなー。空逢が恋音ちゃんしか視界に入らないのよくわかるわ」

「好きな子は特別に可愛いからね。特に僕の恋音は――」

「はいはい、世界一だろ」

「なんかその言い方、腹立つね」

　と、こんな感じで1時間ほど透羽先輩の部屋で過ごして、そろそろ帰ろうとしたとき。

「なんで緋羽ちゃん帰るの？」

「えっ。だって、ここ男子寮ですし、このままいたら管理人さんにバレて怒られちゃいます」

　透羽先輩と気持ちが通じ合ってから、まだ契約はしていなくて。

　それよりも、透羽先輩のケガがちゃんと治るのを優先にしていたから。

「いいよ、小桜さん。僕のほうからうまいこと言っておく
から。内緒で今日だけここに泊まっていきなよ」

「おー、さすが空逢くん気が利くね」

　──で、まさかのお泊まりが決定してしまった。

　神結先輩が帰ってから数時間が過ぎて夜を迎えた。

　いちおう、ここは男子寮なので周りにバレちゃいけない
のに。

「まだ……ばてちゃダメ」

「はぁ……ぅ、もう……んんっ」

　キスの嵐が止まらなくて、声もうまく抑えられない。

　ちょっと息を吸えたと思ったら、すぐに塞がれて苦しく
なる繰り返し。

　ポカポカ先輩の胸を叩いて、ほんとに限界のサインを送
ると。

　わずかに離してくれたけど……お互いの吐息がかかるく
らいすごく近い距離。

「ちょっとしかキスしてないのに」

「も、もうずっとしてますよ……っ」

　わたしは呼吸が整わないのに、余裕な透羽先輩は息なん
て切らしてない。

　むしろ、もっと欲しいって瞳で見てくる。

「どれだけしても緋羽ちゃんが足りない」

「キス、まだ慣れてない、です……っ」

「うん、いいよ。俺がぜんぶ教えてあげるから」

　今こんな感じだったら、契約して特別寮の部屋で一緒に
住むようになったら大変なことになるんじゃ。
「もういい？　我慢できない」
「……んっ、ぅ」
　わたしの顎をちょっと強引につかんで、無理やり先輩の
ほうを向かされて。
　もう何回してるかわかんないくらい唇が重なる。
　先輩のキスは、重なった瞬間からすごく強引。
　優しく触れるようなキスじゃなくて、グッと押しつけて
感触を強く残そうとしてくる。
　唇ぜんぶを食べちゃうみたいに塞いでくるから、すぐに
苦しさに襲われちゃう。
「ん……んん……」
「かわいー……」
　先輩のシャツをキュッとつかむと、苦しいのがわかるの
か、ちょっとだけ唇を離してくれる。
　口をあけて、スッと息を吸ったと同じくらい。
「口あけてんの、エロいね」
「ふぁ……っん」
　唇が触れて、スルッと舌が入り込んできた。
　まだ、この大人なキスに慣れてないのに……っ。
　キスに夢中になってるときの先輩は、ちっとも加減をし
てくれない。
「あー……たまんない、興奮する」
　口の中にある熱が、絡み取って、かき乱して。

　酸素が足りなくて、頭がポーッとしてる。

　……のに、さらに深くキスされて、甘い熱に流されちゃいそう。

　でも、ほんとにもう限界……っ。

　また先輩のシャツをギュッとつかむと。

　少し遠く……お風呂から軽快な音楽が聞こえてきた。

「お、ふろ……っ」

「一緒に入る？」

「やぁ……入らな……んんっ」

「もうちょっと……緋羽ちゃんの唇ちょうだい」

　少しの間、透羽先輩の暴走が止まらず……。

　今やっとキスが止まって、お風呂のほうにやってきた。

「先輩のキャパどうなってるのぉ……」

　心臓バクバクで落ち着かないまま、ひとりでお風呂の中へ。

　それから1時間くらいして出ると。

　はっ……しまった。わたし着替えとか何も持ってきてない！　気づくの今さらすぎた……！

　ひとりで慌ててると、先輩が置いてくれたであろうバスタオルが視界に入ってくる。

　それと一緒に、グレーの大きなスウェットが置いてあった。

　あっ、先輩が気づいて用意してくれたのかな。

　サイズがかなり大きいおかげで、下は穿かなくてもいいかも。

　ただ、問題なのは……スウェットの下に何もつけてな

いってこと。

　お風呂に入ってる間に洗濯をしてしまった……。

　スウェットがオーバーサイズだから、あんまり気にならないのが救いかも。

　濡れた髪を拭きながら、先輩が待ってる部屋に戻ると。

　わたしを見つけた瞬間、すぐにギュッとハグ。

「お風呂長すぎ。触られなくて死ぬかと思った」

「ちょっと離れてただけじゃないですか！」

「んー、もうキスしないと死ぬ」

「ま、まままってください……!!　さっきあんなにたくさんしたのに！」

　キスされないように、自分の手で口元をブロック。

　透羽先輩はものすごーく不満そうな顔してる。

「俺ね、どれだけ緋羽ちゃんとキスしても足りないの。わかるよね？」

「わ、わかんないです！」

「しかもさ……俺と同じシャンプーの匂いさせて、俺のスウェット着てるの、たまんないよねー」

「ひゃっ……」

　抱きしめたまま、先輩の手の位置がかなり際どいところに触れてる。

「ん、あれ。もしかしてさ……」

　スウェットの上から背中をなぞってきたり、抱きしめる力を強くして、さらに身体を密着させたり。

「この下、なんもつけてないでしょ？」

「っ……!?」

　パッと先輩の顔を見たら、それはもう愉しそうに、イジワルそうに笑ってまして。

「ますます興奮するね。服の中に手入れたら触り放題ってわけだ?」

「せ、先輩のバカ、変態……!!　早くお風呂いってください!」

　隙をついて、先輩のそばからスパッと離れると。

　後ろから耳元でボソッと。

「夜……寝かせてあげられないかもね」

「っ……!」

　こんな危ないささやきを残してお風呂に行っちゃうし。

　ドライヤーを借りて、髪を乾かすことに。

　もし先輩と契約したら、こうやって同じ部屋で毎日一緒に過ごすってことだよね?

　ずっと透羽先輩にベッタリ引っ付かれそうな予感しかない。

　今ですらこんな状態なわけだし。

「うぅ……わたしの限界値とっくに超えてるのに」

「じゃあ、俺と少しずつ慣れていこーね」

　ん?　んんん?　今の誰の声……いや、ここにはわたしと透羽先輩しかいないわけで。

　後ろを振り返ってびっくり。

「ん?　どうしたの、そんな驚いた顔して」

　えっ、え!?　まだお風呂に行ってから10分くらいしか

経ってないよ!?
「出てくるの早すぎです！」
「早く緋羽ちゃんとイチャイチャしたいなーって」
「だからって……」
「じゃあ、さっさと髪乾かそうね」
　わたしの手からドライヤーを奪い取って、あっという間に髪が乾いてしまい……。
「ふたりでベッドいこっか」
　今晩、とっても危険な予感。

「ひーうちゃん。なんでそんな端っこに逃げちゃうの？ほら、抱きしめさせてよ」
「先輩が変なことしようとするから……っ」
「えー、しないよ。ただ、緋羽ちゃんの身体たくさん可愛がって、息できないくらいキスするだけだよ」
　ほ、ほらおかしい……！
「おいで。言うこと聞かないと寝込み襲うよ？」
「ぬぅ……」
「だいたいさ、こんな狭いベッドなんだから。ほら、簡単に緋羽ちゃんの身体つかまえちゃった」
　後ろからガバッと覆われてしまった。
　耳元で先輩の吐息がかかってくすぐったいし、先輩の手が絶妙な位置にあって、へたに動けない。
「この下……なんもつけてないとかエロいよね」
「ぅ……それもう言わないでください……っ」

「そーゆー可愛い反応が煽ってるのに」

　何やら先輩の手が、首元から服の中に入り込んできてる。

「やっ、どこに手入れてるんですか……っ」

　さらに奥まで入れて、うなじのあたりに唇を這わせてキスを落としてくるから。

「ほんと緋羽ちゃんって、どこ触ってもいい反応するよね」

「んっ、やぁ……」

「ねぇ、ほらキスしよ。こっち向いて」

「んむ……っ」

　無理やり後ろを向かされて、強引に唇を塞がれて。

　身体に触れる手も止まってくれなくて。

「ここ、好きでしょ」

「ひっ……あぅ……」

「いい声出た。もっと気持ちいいことしよ」

　それから今日の夜は、透羽先輩が満足するまでひたすらキスされてた。

　途中から、たくさんしすぎてされるがままになってて、意識が飛んじゃいそうだった。

　こんな調子で、わたしの心臓この先ちゃんともつのかな。

透羽先輩と甘い契約。

　もう気づけば10月に入っていた。

　今日は土曜日で授業がない。

　今日から透羽先輩と一緒に過ごすために、特別寮に荷物を運んでる。

　まだちゃんと正式に契約ができてないけど、透羽先輩が早く一緒の寮にしたいって。

　神結先輩に頼み込んだみたい。

「特別寮の部屋って結構広いんですね」

「そうだねー。まあ、ふたりで暮らす部屋だし」

　部屋の中をぐるりと探検してみる。

　女子寮とは違って、特別寮の部屋は倍くらい広くて。

　いちおう個人の部屋もあるみたいだけど、透羽先輩がいらないって言うから、使うことはなさそう。

　あと、いちばん奥にはベッドしかない部屋がひとつあるみたいで。

　ほんとは、個人それぞれのベッドもあったんだけど。

「俺は緋羽ちゃんと同じベッドがいいし」って、透羽先輩がぜんぶ撤去しちゃった。

　ようやく、ある程度片付いたのでソファに座って休憩。

　透羽先輩もこっちにやってきて隣に座った……だけならよかったんだけど。

「先輩近いです……！」

「そう？　だってさ、今日いろいろやってたせいで緋羽ちゃんに全然触れてないし」

　わたしの言ってることなんて思いっきりスルーして、横から抱きついてきて。

　シャツの裾をまくって、手を入れてこようとしてる。

「今日ずっと動いてて汗かいた……ので。あんまりくっつかないでください」

「んー、そう？　緋羽ちゃんの甘い匂いしかしないけど」

「ひゃっ……。そんな近づくのダメ……っ」

　首のところを犬みたいにクンクンしてくるから、全力で拒否すると。

「んじゃ、一緒にお風呂入る？」

「は、入りません！　冗談やめ──」

「結構本気なんですけどね」

　ひぃ……先輩がニッて笑うときは、だいたいよからぬことを考えてる……！

　いや、いつもよからぬこと考えてるけど！

「おとなしく俺の言うこと聞こうか？」

　なぜか脱衣所まで、お姫様抱っこで強制連行（きょうせいれんこう）……。

　まさか本気で一緒に入るつもりなんじゃ……！

「はい、服脱ごうねー」

「どこ触ってるんですか！」

「緋羽ちゃんのやわらかい肌かなー」

「なっ、ぅ……」

　脱がそうとする手を止めないで、愉しそうにクスクス

笑ってる。

　シャツの中に手を滑り込ませて、ゆっくり焦らすような手つきで触れて。

「……ってか、こんなに細いと心配だなー」

「やっ……おなか、触っちゃダメ……です」

　先輩の大きな手が、ずっと触れててくすぐったい。

「じゃあ、別のとこならいいんだ？」

「きゃ……っ、やっ……」

　お腹にあった手が少し上にあがって、胸のあたりを指先で軽くトンッと触って。

「俺にしか見せられないもんね。こんな可愛い声で感じてるの」

　このままだと先輩が暴走し始めて、わたしが抵抗できなくなるまでキスするつもりだ……！

　一瞬の隙をついて、先輩から逃げるように慌ててお風呂場のほうへ。

　そのまま扉を閉めちゃおうとしたんだけど。

「緋羽ちゃんってば、服着たままお風呂入るなんてダメでしょー？」

「あわわっ、先輩は入ってこないでください!!」

　しぶとい先輩が、ガシッと扉をつかんで阻止してきた。

　もちろん力じゃかなうわけないので。

「そんなに早く俺とお風呂入りたかったなら、言ってくれたらよかったのに」

「うぅ……違うのにぃ……」

　かろうじてまだ服は着てるけど、ぜんぶ脱がされちゃう
のも時間の問題のような。
「早く脱ごうね。あ、それとも俺が先に脱ごっか」
「へ……っ」
　目の前で先輩がシャツを脱ぎ捨てた。
　ひっ……まってまって！
　男の人の裸なんて見たことないのに……！
「ほら、俺が脱いだんだから緋羽ちゃんも脱がないと」
「先輩が勝手に脱いだんじゃないですかぁ……！」
　目のやり場に困りすぎて、自分の両手で顔を隠すように
して逃げようとすれば。
　先輩がトンッと壁に手をついて、わたしの逃げ道を完全
に塞いじゃって。
「自分で脱ぐより脱がされるほうがいい？」
「そ、そういう問題じゃなくて……！」
　頭がパンクしちゃいそう。
　ふたりっきり……しかもお風呂場で。
　目の前には危険でセクシーな透羽先輩がいて。
「わっ、きゃっ!!」
　ほんの少し動いただけなのに、ツルッと滑って足元から
バランスを崩してしまった。
　……けど。
「危ないねー。ダメだよ、お風呂で暴れたら」
　透羽先輩が見事にわたしの身体をキャッチしてくれて、
なんとかしりもちをつかずにすんだ……んだけど。

　とっさに手をついた拍子に、シャワーのボタンに触れて
しまって。

　真上にあったシャワーから水がザーッと流れてきた。
「わわっ、ごめんなさい……！」

　慌てて止めようとしたのに、なんでか止まんないし！
「うわー、濡れちゃったね」

　濡れた前髪を手で軽くかきあげてるのが、またすごく
色っぽくて。

　まさに水も滴るいい男……って、今はそうじゃなくて！
「俺はなんも着てないから平気だけど。緋羽ちゃんはシャ
ツが少し濡れちゃってるね」

　すると、透羽先輩の目線が何やら下のほうに落ちて。

　クスッと愉しそうに笑いながら、とある場所を指さして
言った。
「緋羽ちゃん今日はピンクかー」
「ピンク？」
「白のシャツにピンクの下着って、いい組み合わせだよね」
「っ……!?」

　ぬぁ……！　シャワーで濡れたせいで、中の下着が微妙
に透けてる……！

　すぐに自分の手で隠そうとしたけど。
「ダーメ。せっかくだから見せて」

　手を壁に押さえつけられて、胸元を隠すものが何もない。
「透けてんのエロいねー」
「せ、先輩の変態……っ」

「緋羽ちゃん限定だよ」

　下からすくいあげるように、唇をグッと塞がれた。

　不意打ちのキスは、すごくずるい。

　やわらかい感触が押しつけられて、何度も唇に吸い付くようなキス。

「……ずっとしたくなる」

「はぁ……う……っ」

「触れてるだけじゃ全然足りない」

　キュッと口元を結んでると、誘うように舌先で唇を舐めてくる。

「ねぇ、緋羽ちゃんもっと」

「ふ……うっ」

　わずかに口元がゆるんで、小さくあけるけど。

「もっとあけて」

「んんっ……」

　舌がスルッと入り込んで、少し強引に口をこじあけられて。

「……キス、気持ちいいね」

　口の中かき乱されて苦しくて。

　熱から逃げようとしても、先輩の舌がうまく絡み取って逃がしてくれない。

　頭の芯から溶けておかしくなっちゃいそう。

　甘すぎるキスのせいで身体に力入らないし、息も苦しくてクラクラしてる。

「あー……やば。興奮してきた」

「んっ、もう……っ」

「緋羽ちゃんだけだよ。俺の理性こんな壊せるの」

「……んぅ」

　ついに限界を迎えて、へなへなっと足元から崩れそうになったけど。

　それに気づいた先輩が、わたしの腰に手を回して支えてくれてる。

「……っと、気持ちよくて腰抜けちゃった？」

「んっ、ちが……う」

「ほんとかなー。それならもっとしていいんだ？」

　触れてた唇が、ほんの少し離れて……でも、ちょっと動けばまた触れちゃう。

「もう、ダメ……です」

「じゃあ、夜なら俺の好き放題にしていい？」

　危険な瞳がじっとこちらを見て。

「今日の夜……俺と契約しようね」

　わたしの心臓、ぜったいもたない。

　わちゃわちゃしていたら、あっという間に寝る時間を迎えた。

　大きめのベッドの上で、透羽先輩とふたり。

　わたしは少し距離を置いて、クッションを抱えてる。

「緋羽ちゃん、おいで」

　遠慮気味に、ちょこっと近づくと。

「はい、つかまえた」

「ひゃっ……」

　先輩がちょっと前のめりになって、優しく包み込むようにギュッて抱きしめてきた。

　今ちょっと……ううん、だいぶ緊張してる。

　だって、さっき先輩が言ってた──『今日の夜……契約しようね』って。

「緋羽ちゃん心臓の音すごいね」

「うぅ……だってぇ……」

「別にいきなり襲いかかったりしないよ？」

「先輩は信用できませんっ……」

「ははっ、俺いちおう緋羽ちゃんの彼氏なのに？」

　紅花学園に入って、運命の相手と契約するのに憧れていたけど。

　いざ契約するってなると、ちょっと怖くて不安になる。

「先輩は契約するの……ほんとにわたしでいいんですか？」

「どうして？　緋羽ちゃんだからしたいのに」

「だって契約したら、わたしの血しか飲めなくなっちゃうし。それに、ずっとそばにいる覚悟も必要って……」

「俺はずっと緋羽ちゃんのそばにいたいから。ってか、離すつもりないし」

「ほ、ほんとに……？」

「ほんと。俺ね、緋羽ちゃんしか欲しくないよ。もし、緋羽ちゃんが契約してくれないなら、誰の血も飲まずに死んでもいいと思うくらいだし」

「し、死んじゃダメです」

「うん。だから、緋羽ちゃんが俺と契約してくれないとダメなの」

　先輩っていつもそう。

　わたしが欲しい言葉を、ちゃんとくれる。

「……こんなに手に入れたくて、契約したいと思ったのは緋羽ちゃんがはじめて」

　抱きしめる力をゆるめて、ちゃんとわたしの瞳をじっと見つめながら。

「……早く俺のものにさせて」

　軽くチュッと唇が触れた。

　少ししたら、惜しむようにゆっくり離れていく。

　恥ずかしくて透羽先輩の手をキュッと握ると、うれしそうにやわらかく笑ってる。

「契約するときって痛い……ですっ？」

「んー。普段、吸血するときと同じくらいの痛みかな」

　契約の仕組みとか、契約の仕方は特別授業で聞いたくらいで。

　実際やったことないから、やっぱり不安になっちゃう。

「だけど、痛みは緋羽ちゃんにしかわからないから。あんま負担かけないようにしたいけど。俺も契約するのははじめてだからさ」

　先輩が、これでもかってくらい優しくて、怖くないよって落ち着かせようとしてくれる。

「俺のはじめて奪っちゃうね」

「うっ……先輩が言うとハレンチに聞こえます」

　優しかったと思えば、いつもの調子に戻っちゃうし。

「緊張してるから身体カチカチだね」

　肩にも力が入りっぱなしで、心臓も変わらずバクバク鳴ってる。

「まずはキスで身体ほぐそっか」

「んん……ぅ」

　いつもの甘いキスが降ってきて、やわらかい感触に包み込まれる。

　すぐに苦しさに襲われるのに、この苦しさがどこか気持ちよく感じちゃうの……おかしい。

「……もっとほぐそうね」

「んっ、そこ触っちゃ、やっ……」

　キスしながら、先輩の手が太もものあたりに触れてる。

　ダメって首を横に振ると、キスをもっと深くしてきて。

「ここ……好きでしょ」

「ひっ……あぅ……」

　少し奥に触れて、指先の力をちょっと強くして。

　身体が勝手に反応しちゃう。

「キスにも集中しようね」

「んんぅ……ん」

　触れてくる手に気を取られていたら、キスがさっきよりも激しくなって。

　ぜんぶ一気にされて、身体がおかしくなっちゃう。

「……このやわらかいとこ」

「ぅ……ん」

「触ると身体すごく反応してる」

「んぁ……やっ」

　キスして触れられて。

　身体の力が、ほとんど抜けきって先輩にぜんぶをあずけたまま。

　息を整えられたのは一瞬で、また塞がれて。

「舌もっと出して」

「ふぇ……っ」

　先輩の舌が深く入り込んできて、絡めとろうとしてくる。

「……もう我慢できない。早く俺のものにさせて」

　鋭い八重歯で軽く舌を噛まれて、びっくりした反動で先輩のシャツをクシャッとつかむと。

「手……俺とつなごうね」

「んっ……」

　噛まれた舌が少し痛くて、口の中でじわりと血の味が広がっていく。

　でも……血はぜんぶ、透羽先輩が一瞬で吸って取り込んでいくから。

　今まで感じたことない熱が全身に伝わって、ますます力が入らなくなってる。

　唇が離れたと思ったら、今度はそのまま首筋にキスが落ちてきて。

「あともう少し我慢して」

　舌で軽く舐められて、チクッと刺すような痛みが深く入り込んでくる。

　身体の中で何かが吸い取られていくような感覚。

　いつも血を吸われてるときと痛みは同じくらいで。

　でも……異常なくらい身体が熱くて、ふわふわしてる。

「ん、できた」

　頭がほわーっとして、意識も少しボーッとしてる。

「契約……できたんですか……？」

「うん、できたよ。頑張ったね。身体つらくない？」

　大丈夫って意味を込めて、首をコクリと縦に振る。

　すると、先輩がうれしそうに笑いながら。

「やっと緋羽ちゃんが俺のになった」

　左手首に契約の証としてもらえるピンクゴールドのブレスレットをつけてくれた。

「俺の緋羽ちゃんなんだから、他の吸血鬼に血あげちゃダメだよ」

「あげられないですよ。先輩こそ、わたし以外の女の子から血もらっちゃダメ……ですよ」

「そんなことしたら俺死んじゃうし。ってか、緋羽ちゃんのしか欲しくない」

　もうこれ以上くっつけないんじゃないかってくらい、ギュッと抱きしめられて。

「ずっと俺だけの緋羽ちゃんでいて」

　また……甘いキスが落ちてきた。

第5章

甘くて危険なハロウィン。

透羽先輩と正式に契約して、1ヶ月が過ぎようとしたある日。

いつもと変わらず、透羽先輩と寮の部屋でふたりまったり過ごしていると。

「あー、そういえばさ明日だね。仮装パーティーあるの」

「そうですね」

明日10月31日はハロウィン。

紅花学園では毎年ハロウィンの日は授業が休みになって、仮装パーティーをやるみたい。

全学年みんな仮装して、学園でいちばん大きなホールでパーティーっぽいことするらしいけど。

仮装は強制じゃなくて、別にしなくてもいいみたい。

「緋羽ちゃんは仮装するの？」

「しないです」

「えー、残念だなー。緋羽ちゃんが可愛い仮装してる姿見たかったのに。あ、もちろん俺限定でね」

わたしも、ほんとは仮装したかったけど。

ついこの前、クラスに仮装の衣装がたくさん届いて、その中から好きなものを着ていいって言われたんだけど。

赤ずきんやら、チャイナドレスやら、メイド服、ナース服などなど……。

わたしにはあんまり似合わなさそうなものばっかり。

　わたしが着たかったのは、クマの着ぐるみとかそういう系だったのに！

　残念ながら、そんなものは一切なかったので仮装は諦めることに。

「あ、そうそう緋羽ちゃんが好きそうなお菓子とかたくさん用意されると思うよ」

「えっ、ほんとですか！」

「ほんとほんと。パーティーって言っても、仮装がメインみたいなもんだから。あとはみんな好き勝手お菓子食べたり毎年自由な感じだよ」

「そうなんですね！　お菓子食べられるの楽しみです！」

「ふっ。ほんとかわいー」

　そして、迎えたハロウィン当日。

　わたしは仮装しないので、教室の隅っこに避難してるんだけど。

　朝から女の子たちの気合いの入り方が尋常じゃない。

　みんな可愛い仮装して、髪型とかメイクとかすごく時間をかけてる。

　ちなみに、真白ちゃんは残念ながら今日お休み。

　たしか真白ちゃんはクラスの子に勧められて、仮装するとか話してたけど。

　真白ちゃんの仮装、見たかったなぁ。

　絶対可愛いもん！

「あー！　緋羽ちゃん！　そんなところで何してるの！

なんで何も準備してないの!?」

　クラスメイトの凛ちゃんが、びっくりした様子でこっちにやってきた。

「あっ、わたし仮装する予定ないから！」

「えー、もったいない！　緋羽ちゃん可愛いのに！」

　凛ちゃんはばっちりメイクもきめて、魔女っ子の可愛い仮装をしてる。

「そういえば真白ちゃんお休みだったよね？　そうだっ、真白ちゃんの衣装に着替えちゃおうよ！」

「えぇ!?」

　いやいや、真白ちゃんが着る予定だったもの何か知らないけど、わたしが着たら似合わないって！

「髪型とかメイクは凛に任せてっ♡」

「えっ、ちょっ……凛ちゃんまって――」

「はーい、ここ今から使うね。真白ちゃんが着る予定だったやつ探してくるから待っててね！」

　ちょ、ちょっと！

　凛ちゃんわたしの言ってることぜんぶ無視するじゃん！

　ほんとなら、今すぐここから逃げ出したいけど。

　せっかく凛ちゃんが張り切ってくれてるし、それを無視しちゃうのも悪いし。

　……で、結局仮装することになったのはいいけど。

「わぁぁぁ、緋羽ちゃん可愛い〜！　やっぱり仮装して正解だったねっ！」

「り、凛ちゃん……これ似合ってなさすぎるんじゃ……」

「えぇ〜どうして？　似合ってるのにっ！　緋羽ちゃんが着ると本物の天使みたいっ♡」

　背中のところに白い羽みたいなのがちょこっと生えてて、真っ白の丈が短めのワンピース。

　スカートの部分がチュールの素材になってて、ちょっとふわっとしてる。

　そもそも真白ちゃんがこんな格好したら、間違いなく都叶くんが反対するよ！

「む、無理だよ！　わたし全然天使じゃないもん！」

「大丈夫だよ〜。ほら、髪型もメイクもこっちでやろうね〜」

　結局、天使の衣装は脱ぐことができず……。

　ツインテールに、両サイドに真っ白のリボンを結ってもらって、唇にうるっとしたリップを塗ってもらって。

「はーい、できたっ！　うんうん、緋羽ちゃんの可愛さ倍増してる♡　純白の天使みたい！」

　純白の天使とは真白ちゃんみたいな子のことを言うのですよ。

「あっ、そろそろホールに移動の時間だ！　緋羽ちゃんも今日のパーティー楽しんでねっ！」

　あぁぁぁ……どうしよう。

　せっかくお菓子食べられるの楽しみにしてたのに。

　この格好が気になりすぎて、それどころじゃなくなっちゃったよ。

　ホールに移動してみると、全学年集まってるから人の数がものすごいことになってる。

しかも、みんな結構仮装してる。

逆に仮装してない生徒がほとんどいないような。

ホール内をぐるりと見渡すと、昨日透羽先輩が言っていたように、スイーツとかフルーツがテーブルにたくさん置いてある！

あそこに美味しそうな苺(いちご)タルトが！

あっ、あっちにはマカロンとかクッキーもあるし！

メインのテーブルには、すごく大きな噴水のように湧(わ)き出るチョコレートファウンテンが！

ど、どれも制覇(せいは)したい……！

でも、この格好でうろうろするのは恥ずかしすぎる……！

いったんホールの隅っこに避難しようとしたら。

すれ違いざまに誰かにぶつかってしまった。

すぐに相手に謝ろうとしたら。

「あ、小桜さん！　こんにちはっ」

なんとびっくり、巫女(みこ)さんの衣装を着てる漆葉先輩ではないですか。

「こ、こんにちはっ！」

漆葉先輩とは透羽先輩を通して何度か話したことがあって、こうして会う度に声をかけてくれる優しい先輩でもあり、可愛くて憧れの先輩でもある。

「偶然ですね、こんなところで会うなんて」

わぁぁぁ、笑った顔も安定に可愛いし、なんかすごくいい匂いする……！

「今日は透羽くんと一緒じゃないんですか？」

「それが、どこにいるかわからなくて」

　ちゃんと約束しておけばよかったなぁ。

　こんな人の数じゃ、なかなか会えなさそう。

　あ、そういえば透羽先輩は仮装してるのかな。

　すっかり聞きそびれちゃった。

「たしかに、これだけ人が多いと見つけられないですよね」

　というか、漆葉先輩の格好が似合いすぎてて。

　巫女さんって清楚で純白……みたいなイメージがあるから、漆葉先輩にぴったりっていうか。

「あの、漆葉先輩すごく可愛いです！」

「へっ……？　あっ、そんなそんなっ。小桜さんのほうがすごく可愛いです……っ！　本物の天使かと思っちゃいました」

　それに、さっきから男の子たちの視線が漆葉先輩に釘付けになってる。

「えっと、ところで漆葉先輩は今おひとりなんですか？」

「それが、空逢くんの姿が見当たらなくて。生徒会のお仕事のことで先生に呼ばれてるみたいで」

「そ、そうなんですね。神結先輩は漆葉先輩がこんなに可愛い格好してるの知ってるんですか？」

「か、可愛いかは別として……！　この格好してるの空逢くんは知らないんです」

　ええぇ……それは神結先輩が知ったら、大変なことになるんじゃ。

「ほんとは空逢くんから仮装はしないでほしいって言われ

てたんですけど、わたしの友達が衣装を用意してくれて」

　なるほど……。

　漆葉先輩も半ば強引に衣装を着せられてしまったという
わけですね。

「せっかく用意してくれたので、着ないのも申し訳ないか
なって。巫女さんなら空逢くんも許してくれるかなぁって」

　いや……たぶんお許しは出ないような。

　わたしの知る限り、神結先輩って普段はものすごく完璧
で優しさオーラ全開だけど。

　漆葉先輩のことになると、だいぶおかしくなるっていう
か。

　性格変わるような気がする。

「あっ、でもあんまり似合ってないので、ちょっと恥ずか
しいですね……っ」

　少し照れて笑ってる顔も、なんでこんな可愛いのです
か……！

　すると。

「恋音……！」

　噂をすればやってきました神結先輩。

　いつもの余裕そうな表情はどこかへ行って、漆葉先輩を
見つけると安堵の表情を見せたかと思えば。

「こ、恋音……その格好……」

　かなり動揺してる様子。

　ものすごく目を見開いてびっくりして固まった直後、た
め息をついて頭を抱えたまま。

　ほら、これぜったい漆葉先輩の可愛さにやられちゃって
るよ。
「なんでそんな可愛い格好してるの」
「あっ、これは碧架ちゃんが着せてくれて──きゃっ」
　人前……というか、わたしが目の前にいるっていうのに、
神結先輩が漆葉先輩のこと抱きしめちゃった。
　まるで、漆葉先輩を他の人の目に映さないようにガード
してるみたい。
「僕と約束したよね。仮装だけはしないって」
「あ……ぅ……ごめんなさい。に、似合ってないよね」
「いや……恋音の巫女姿とか僕にとって得でしかないんだ
けどさ」
「……っ？」
「僕以外の男が見るのは許せないんだよね。見たやつ全員
殺したくなっちゃうから」
　ひっ……！
　めちゃくちゃ怖いこと言ってるよ！
「そ、そんな物騒なこと言っちゃダメ……だよっ」
「何人の男が僕の可愛い恋音を見たのかな。考えただけで
嫉妬でおかしくなりそうだよ」
　はっ……！
　というか、わたしも可愛い漆葉先輩を見ちゃってるから、
まずいんじゃ……！
「あぁ、可愛い恋音にお祓いしてもらいたいなあ」
　やっぱり神結先輩って漆葉先輩を目の前にすると、

ちょっとぶっ飛んでる気がする。

「あのっ、空逢くん……っ。小桜さんが見てる……っ」

「……ん？　あぁ、ごめんね」

　えっ、今わたしの存在に気づいたの!?

「そういえば、透羽が小桜さんのこと探してたよ？　可愛いから心配で仕方ないって」

「そ、そうですか」

「きっと今も探してると思うから。早く会えるといいね」

「探してみます、ありがとうございますっ！」

　ペコッとお辞儀をすると、神結先輩がものすごく今さらだけどわたしの格好を見て、ちょっと驚いていた。

「小桜さんのその格好、透羽が見たらどんな反応するか愉しみだなあ」

「……？」

「僕と同じように、ものすごく焦るだろうね。透羽が必死に焦ってる姿、想像すると笑えちゃうね」

　クスクス愉しそうに笑ってるけど、何か透羽先輩が焦るようなことあるのかな。

「僕と恋音は、このまま抜けるけどね」

「えっ、パーティー参加しないの？」

「しないよ。今から恋音とふたりで愉しいことするの」

　わぁ……笑顔なのに、ものすごく黒いオーラが滲み出てるよ……さすが神結先輩だ。

「小桜さんもパーティー楽しんでね。それじゃ、僕たちはこれで」

こうして、神結先輩たちはどこかへ行ってしまった。

今からどうしよう。

透羽先輩のこと探したほうがいいのかな。

でも、お菓子とか甘いもの食べたいし。

あっ、そうだ！

食べながら探せばいいんだぁ！

さっきまで、この格好が恥ずかしすぎて抵抗があったけど、みんな似たような格好してるし！

こうして、ひとりでお菓子めぐりをすることにしたんだけど。

な、なんか……ものすごく周りから視線を感じるような。

とくに男の子たちが、こっちを見て何やらヒソヒソ話してる。

うぅ……やっぱり似合ってないから変に注目されちゃってるのかな。

真白ちゃんとか漆葉先輩みたいな可愛い人が着たら別格なんだろうけど。

「そこの可愛い天使ちゃん。これよかったら食べる？」

「ほら、チョコレートとかマカロンあるよ」

ボケッとそんなことを考えていたら、男の子ふたり組が声をかけてきた。

お皿にたくさんスイーツをのせてて、それをぜんぶくれるみたい。

「あっ、ありがとうございます！」

にこっと笑ってふたりを見ると、なんでかふたりとも急

に顔を真っ赤にして。

「っ……！　うわ、無理……可愛すぎる」

「やばいな、この天使の破壊力……」

　それから、自分でお菓子を取りに行こうとしたんだけど。

「天使ちゃん！　これよかったら食べて！」

「俺のもあげるよ！　他に何か欲しいものある？」

「あっちでフルーツもあるから、俺取ってこようか？」

　なんか気づいたら、いろんな男の子がたくさんお菓子とかフルーツを取ってきてくれて、両手いっぱいになっちゃった。

「ええっと……あ、ありがとうございます！」

　とりあえず、これぜんぶ食べちゃおう。

　どこか落ち着いて食べられる場所ないかなぁって、キョロキョロしてると。

「緋羽ちゃん！」

　あれ、聞き覚えのある声が……もしかして透羽先輩？

　探そうと思ってたのに、お菓子に夢中になってすっかり忘れちゃってた。

「はぁ……っ、やっと見つけた」

「ど、どうしたんですか、そんなに焦って」

　珍しく焦った様子で、ちょっと息を切らしてる。

「いや、焦るでしょ。可愛い彼女がこんな格好してたら」

　両手に持ってたお皿をぜんぶ取られて、近くにあったテーブルの上に置かれて。

　おまけに、すぐさま周りから隠すようにギュウッて抱き

しめられちゃった。

「緋羽ちゃん昨日言ってたじゃん……。仮装しないって」

「そ、それが……かくかくしかじかで、いろいろありまして……」

「うん、意味わかんないし、俺いますごく怒ってるからね」

「はっ……もしかして、わたしだけお菓子を独占してたから怒ってますか?」

「はぁぁぁ……。ほんとさ、緋羽ちゃんって変なところ鈍感だよね。自分が可愛いことも自覚してないし」

「えぇっと……」

「とにかく、今すぐホール出るから。俺とふたりっきりで、たっぷりお仕置きしてあげないと」

「うわっ、きゃっ……」

　なんでかお姫様抱っこされて、お菓子をひとつも食べられないままホールを出て寮の部屋へ。

　いつもより怒ってる先輩は、口数が少なくてムスッとしてる。

　寮の部屋に着くまでずっと無言で、ゆっくりベッドの上におろされた。

「緋羽ちゃん、少し反省しよっか」

「えっ?」

「そんな可愛い格好して。俺以外の男を誘惑したいの?」

「そ、そんなつもりないです」

　あれ……というか、透羽先輩の仮装よく見たら──吸血鬼だ……!

　真っ白のブラウスに、深い赤色のベストに、襟が立ってる真っ黒の長いマントを羽織ってる。

　先輩は、もともとすごくかっこよくて、何を着ても似合うとは思っていたけど。

　吸血鬼の衣装が抜群に先輩の雰囲気と合ってて、ものすごくかっこいい。

「なに、急に俺のこと見つめちゃって」

「あっ、いや……えっと、吸血鬼の仮装してる先輩すごくかっこいいなぁって」

　はっ……つい思ったことを口に出してしまった。

　ど、どうしよ。先輩いますごくご機嫌斜めなのに。

「……なんで今そんな可愛いこと言うの」

　怒ってるのかと思いきや、ちょっと照れてる。

「普段は素直じゃないくせに。緋羽ちゃんはずるいなー」

「い、いつも素直です」

「よく言うよ。んじゃ、素直な緋羽ちゃんに俺のご機嫌直してもらおうかな」

　逃げるように身体をちょっと後ろに下げると、先輩が前のめりで迫ってくる。

「純白の天使を汚すのは俺の役目だもんね」

「うっ、天使じゃないです」

「こんな真っ白なんてさ。……汚してくださいって言ってるようなもんだよね」

　気づいたらベッドの背もたれまで追い込まれて、ニッと笑いながら鋭い八重歯を見せてる。

「さて、緋羽ちゃん。俺は今ね吸血鬼になっちゃったの」

「先輩はもうずっと前から吸血鬼ですよ」

「はいはい、細かいことはいいから。吸血鬼がすることはなんでしょうか？」

　急に当たり前のこと聞いて、どうしちゃったんだろう。

「血を吸うこと……ですか？」

「そうだよね」

　首筋にかかる髪をスッとどかして、痛くない程度に爪を立てて、噛むところを探してるみたい。

「なんかさー、このシチュエーション興奮しちゃうよね。真っ白の天使の緋羽ちゃんが、吸血鬼の俺にたっぷり血を吸われちゃうの」

　自分の唇を舌でペロッと舐めて、すごく色っぽい艶っぽい瞳で見てくる。

「せっかくだから、緋羽ちゃんの甘い血たくさんもらおうかな」

　グッと先輩のほうに抱き寄せられて、身体が密着したまま……いつものチクッとした痛みが走る。

　先輩のやわらかい唇が吸い付くように首筋にくっついて、吸血してる間は身動きが取れなくて。

「んっ……」

「吸血するといつも可愛い声漏れてる」

　いつもと同じように吸血してるだけなのに。

　先輩が吸血鬼の格好してるせいか、いつもよりものすごくドキドキしちゃう。

「緋羽ちゃんの血ってさ、なんでこんな甘いんだろう」

「ぅ……っ」

　少し血を吸うと、噛んだところの血を止めるために舌で舐められて。

　あれ……いつもは、もうちょっと吸うのに。

　あんまり吸血されたような感じがしない。

「でもさ……もっと、もっと……甘いの欲しい」

　首筋に埋めていた顔をあげて、とってもイジワルそうな顔をしながら。

「トリックオアトリート」

「へ……っ」

「甘いのくれないとイタズラしちゃうよ」

「あ、甘いのって、チョコとかですか？」

「ううん。甘いのは緋羽ちゃんだよ」

　すると、先輩の手がスカートの中に入り込んできた。

「ここ……太ももの血ってさ、ものすごく甘いんだって」

「恥ずかしいから……無理です……っ」

　必死に先輩の手を押さえようとするけど、全然引いてくれない。

「じゃあ、ものすごい激しいキスしていい？」

「ふぇ……」

「今までしたことないくらいのやつ」

　首をフルフル横に振るけど、そんなの無視されちゃって。

　顎をクイッとつかまれて、逃がさないって瞳がとらえて離してくれない。

「舌出して」

　ちょっと顎を引くと、こじあけるように先輩の指が口の中に入り込んできて。

「緋羽ちゃんいい子だから俺の言うこと聞けるでしょ」

「ん……ぅ」

「そのまま口あけてようね」

「んんっ……」

　いつもは触れるキスから始まるのに。

　今はいきなり舌が入り込んできて、唇ぜんぶを食べちゃうような激しいキス。

　苦しくて酸素を吸おうとしても、先輩の舌がかき乱してくる。

「ふぅ……んっ」

　熱が口の中でたくさん暴れて……頭ほわほわして、何も考えられない……っ。

　クラクラする意識の中で、無い力で先輩のシャツをクシャッとつかむと。

　それに気づいて、少しだけキスが止まった。

「まだキスする？」

「ぅ……はぁ……っ」

　キスで身体の力ぜんぶ抜けちゃって、抵抗する力なんて残ってない。

「俺はもっとしてもいいよ？」

「っ……ぅ、ずるい……」

「ここ噛ませてくれるならキスやめるけど」

　チュッと吸い付くように唇にキスして、手は太ももに触れてじわりとなぞるように撫でてくる。

「……甘いのくれないの？」

　唇をくっつけたまま、ジッと瞳を見て。

　ダメって訴えても、またさっきみたいなキスされちゃう。

「ちょっとだけ……しか、ダメ……です」

「あんまり甘すぎたら止まんないかもよ？」

　スカートをまくって、噛むところをどこにしようか愉しそうに触ってる。

「このやわらかいとこ、今から俺が好き放題に噛んでいいなんて」

「ひぁ……っ」

「たまんないなー……。もっとしたら可愛い声出してくれる？」

「もう……やっ……。早く、噛んで……っ」

「自分から噛んでって言うなんて大胆だね」

　舐めてただけなのに、急に鋭い痛みが皮膚に入り込んできて。

　グッと深く噛まれて、先輩の唇が太ももにあたって。

　くすぐったいのと恥ずかしいのとで、いっぱいいっぱい。

「はぁ……っ、やば。甘すぎて狂いそう」

　恥ずかしい体勢で血を吸われて、耐えられないのに全然吸血をやめてくれない。

「こんなの、どれだけでも欲しくなる」

「うぅ……っ」

「もっとさ……たくさんちょうだい」

　ずっと太ももに噛みついて、たくさん血を飲んで……たまに舌で舐めてきたり。

「さっき首筋の吸血少しにしたから……太ももからたくさん吸っていいね」

　恥ずかしすぎて全身が熱くて、ちょっと抵抗すると、その手も簡単にギュッと握られて。

「俺のこと妬かせたんだから。それなりに覚悟して」

　透羽先輩が満足するまで、ずっと──甘い時間が続いた。

素直になって甘えること。

　11月の中旬に入って、毎日少しずつ寒くなってきた。

　わたしと透羽先輩の関係は、そんなに変わらずで。

「このまま午後の授業、緋羽ちゃんとさぼりたいなー」

「ダメですよ、ちゃんと受けないと」

　お昼休みの屋上にて。

　先輩とは学年が違うから、学園ではあまり一緒にいられない。特別授業は一緒に受けられることもあるけど。

　なので、お昼休みは屋上でふたりで過ごすことが多くなってる。

「んー、緋羽ちゃんが一緒ならさぼらないけど」

「学年が違うから難しいです」

　甘えるみたいに、わたしの肩にコツンと頭を乗せて、横からギュッて抱きついてきた。

「冷たいなー。緋羽ちゃんは俺と一緒にいられなくて寂しくないの？」

「ちょっと……寂しいですよ」

「すごくの間違いでしょ？　緋羽ちゃんは相変わらず素直じゃないなー」

　最近すごく冷え込んできたから、屋上に出入りする人もいなくて、透羽先輩とふたりっきり。

　だから、先輩が甘え放題になっちゃう。

「ってか、緋羽ちゃんずいぶん薄着だね。寒くないの？」

「あっ、それがボレロを教室に忘れちゃって」

　教室がすごく暖房がきいていたから。

　ちょっと暑くて脱いでいたら、そのまま教室に置いて屋上に来てしまった。

　いちおうブランケットは肩にかけてるけど、外だからやっぱり寒いなぁ。

「彼女が薄着してるのは心配だなー。俺のセーター貸してあげるよ」

「えっ、大丈夫です！　それじゃ、透羽先輩が寒いじゃないですか！」

「俺のことはいいの。それよりも緋羽ちゃんが風邪ひかないか心配」

　わたしのことを気にしてセーターを脱いじゃって、それを着せてくれた。

「緋羽ちゃん小柄だから、俺のセーターだいぶ大きいね」

　手がセーターの中に隠れちゃってるので、袖口をまくってもらった。

　すごく暖かくて、おまけに先輩の甘い匂いがする。

「これ着てると先輩にギュッてしてもらってるみたいです」

「ずいぶん可愛いこと言うじゃん」

　透羽先輩に抱きしめられると、いつも甘い匂いがして自然と落ち着いて。

　すぐそばで先輩の体温を感じると、安心して身をあずけちゃう。

「あっ、でも先輩寒くないですか？」

「ものすごく寒いかなー」

「やっぱりすぐにセーター返します！　それか、わたしの
ブランケット──」

「じゃあ、緋羽ちゃんが温めて」

「へ……っ」

　グイッと腕を引かれて、あっという間に先輩の体温に包
み込まれた。

「こうやって抱きしめるとあったかいね」

　コクッとうなずくと、先輩はクスッと笑って。

「それじゃ──もっと熱くなることする？」

　サイドに流れる髪を耳にかけられて、今度はその手が頬
に優しく触れて。

「こういうことしたら熱くなるもんね」

「ん……っ」

　チュッと軽く唇が重なった。

　いきなりだったから目も閉じられなくて、唇が触れ合っ
たまま間近で目が合って、ものすごく恥ずかしい……っ。

「あー……もっとしたくなる」

「ここじゃダメ……っ」

「なんで？　俺の身体熱くしてくれるんじゃないの？」

「だって、声我慢できない……っ」

　先輩のキスが甘すぎて、いつも声が抑えられない。

　いくら屋上に誰もいないとはいえ、誰が来るかわかんな
いし。

「ふっ……じゃあ、俺がずっと塞いでてあげるから」

「……んんっ」

「緋羽ちゃんの可愛い声……俺だけにしか聞かせないで」

　お昼休みが終わるギリギリまで、先輩はずっと甘かった。

　放課後──。

　いつもなら透羽先輩と下駄箱で待ち合わせして一緒に帰るんだけど。

　さっきメッセージで、職員室に呼ばれたから一緒に帰れないって連絡が来てた。

　放課後になったら会えると思ってたから、ちょっと落ち込んでる。

　お昼休みに会ったのに、もう透羽先輩にすごく会いたいなんておかしいかな。

　いつも素直になれなくて、強がってうまく伝えられないけど。

　透羽先輩よりわたしのほうが、すごく寂しがり屋かもしれない。

　今だって、お昼休みからずっと透羽先輩が貸してくれたセーターを着たまま。

　ほんとは教室に戻ってから脱ごうかと思ったけど、脱ぐのやめちゃった。

　だって、ちょっとでも先輩を近くに感じられるような気がして。

　寮の部屋に帰ってきて、ひとりだと何もすることがないので制服のままベッドにダイブ。

「先輩早く帰ってこないかなぁ……」

　ベッドのシーツや、いま着てるセーターから透羽先輩の匂いがして、目をつぶると先輩に抱きしめられてるみたい。

　なんだか心地よくて眠たくなってきた。

　先輩が帰ってくるまで少し寝てようかな。

　深い眠りに誘われて、そのまま落ちた。

「……ひーうちゃん」

「ん……？」

　さっきまではなかった温もりに包み込まれて、耳元で透羽先輩の声がする。

　ゆっくり目を開けると、ほぼ目の前に透羽先輩の綺麗な顔があった。

　あれ……先輩いつの間に帰って来てたんだ。

「相変わらず寝顔も可愛いから。危うくキスしちゃうところだったよ」

　クスッと笑いながら、優しく撫でるようにわたしの頬に触れてる。

　ただ何も言わずに、じっと先輩のこと見てたら。

「あれ？　ダメですとか言い返してこないんだ？」

　先輩ちょっとびっくりしてる。

　いつもなら、わたしがダメって強く言っちゃうから。

「そんな可愛い顔で黙り込むのずるいなー」

　何も言わない代わりに先輩の手をキュッと握ると、これまたびっくりした顔をして。

「俺と手つなぎたいの？」

　握ってただけの状態から、スルッと指を絡めてつないでくれた。

　すると、先輩の目線が少し下に落ちた。

「俺のセーターずっと着てたんだね」

「これ着てると、先輩に抱きしめられてるみたいだから」

「俺に抱きしめられるの好きなの？」

「好き……っ」

　今だって、こんなに先輩と近くにいるのに、もっとギュッてしてほしいって思ってる。

「寝起きの緋羽ちゃんはずいぶんと素直だね」

「いつも素直……だもん」

「おまけに子どもっぽくなっちゃうんだ？」

　さっきから眠くて頭がボーッとしてる。

　起きてるのに意識だけふわふわ〜って浮いてるみたい。

「子供っぽいの、いや……？」

「ううん。どんな緋羽ちゃんも愛おしくてたまらないよ」

「じゃあ、もっと先輩がギュッてして」

「いつもはあんまり甘えてくれないのに。今日はとことん素直に甘えてくれるんだ？」

　わがまま聞いてくれるかと思ったのに。

　なんでか、わたしの身体をベッドから起こそうとしてる。

「制服しわになるから、ちゃんと着替えよっか」

　なんでこういうときに冷静に制服のこと考えちゃうの。

　いつもの先輩なら、そんなこと気にしなさそうなのに。

「まだ眠い……の」

「駄々こねちゃダメ。可愛いから許してあげたくなっちゃうでしょ」

　そんなこと言って、ちゃんと着替えさせようとしてくる。

「ほら、ばんざいして」

「やだ……」

　身体を起こされても、先輩にぜんぶあずけたまま。

「やだじゃないの。着替えたらたくさんギュッてしてあげるから」

　ずっと着てたセーターを脱がされちゃって、ブラウス1枚だとちょっと寒い。

　何も言わずに目の前にいる透羽先輩にギュッと抱きつくと、ちゃんとわたしのことを受け止めてくれて。

「今日の緋羽ちゃんは、いちだんと甘えん坊だ？」

　うれしそうな声が耳元で聞こえて、同じくらいの力で抱きしめ返してくれる。

「俺も緋羽ちゃんに甘いなー。着替えとかどうでもよくなるじゃん」

　唇が重なって、ゆっくり身体がベッドに倒れていく。

　真上に先輩が覆いかぶさって、わずかに触れていた唇が離れて。

「もっと俺に甘えて」

　ちょっと熱っぽい先輩の瞳。

　唇を少し尖らせて、先輩の唇に重ねると。

「っ、ずるいね。俺も手加減しないよ」

　グッと強引に唇が押しつけられた。

　何度も唇に吸い付いて、ついばむようなキスの繰り返し。

「はぁ……ぅ」

　キスたくさんしてるのに。

　いまだに息するタイミングがつかめなくて。

　ギュッと先輩のブラウスを握ると、ちょっと唇を離してくれて。

「早くキス慣れてくれないと、もっと激しいのできないでしょ」

「ちょっと、まっ……」

「待たない。甘えたな可愛い緋羽ちゃんが悪いんだよ」

「んんぅ……」

　頭が痺れちゃいそう……っ。

　キスばっかりでクラクラする。

「ほら、ちゃんと口あけて」

「ふぅ……っ」

　無理やりこじあけられて酸素を取り込もうとしても、代わりに入り込んでくるのは熱い舌。

　口の中にある熱が、暴れてもっと欲しがって。

「緋羽ちゃんも応えて」

「ぅ……でき、ない……っ」

　これ以上求めてくる先輩は、どこまでも欲しがり。

「じゃあ、もっと深くしていいんだ？」

「んぅ……ふぁ」

　もうずっと唇が触れ合ったまま、透羽先輩の熱を感じて

何も考えられなくなる。

　息が乱れて身体に力も入らない。

「まだ全然足りないから、どうしよっか」

　グタッとベッドに横たわってるわたしと、真上でまだ物足りなさそうな顔して迫ってこようとしてる透羽先輩。

「せっかくだから、このまま着替えの続きする？」

　先輩の器用な手が下のほうに落ちて、スカートのホックを外してる。

「やっ、ダメ……」

　ファスナーまでおろそうとするから、無いに等しい力で抵抗してみるけど。

「もう身体に力入らないでしょ？」

　耳元でワルイささやきが聞こえる。

　暴走し始めた先輩は、加減ってものがわかんなくなって、ひたすら求め続けてくるから。

「もっとさ、俺と愉しいことしよ」

「もう、しない……っ」

「ダメだよ。今度は俺が緋羽ちゃんに甘えるんだから」

　スカートを少しまくって、太もものあたりを撫でてきてる。

「ここ、触られるの好きだもんね」

「うぅ、やっ……」

　先輩は、ぜんぶわかってる。

　わたしがどこ触られたら反応するとか、わかっててそこを攻めてくるからずるい。

　声を抑えるのに必死で、自分の手で口元を覆って我慢し

ようとするのに。

「ねぇ、声抑えないで。もっと可愛く乱れてる声聞かせてよ」

「んっ……やっ、聞かないで」

　透羽先輩に触れられてるときの自分の声あんまり好きじゃない。

　抑えようとしても、先輩がそれを許してくれなくて。

「じゃあ、こうする？」

「ひゃぁ……何して……っ」

　恥ずかしくて死んじゃいそう……っ。

　慌てて両手で隠そうとしたけど。

「ダメだよ。もっと見せて」

「ぅ……っ」

　あっさり両手をつかまれて、頭上に持っていかれて抵抗できないまま。

「想像してたよりだいぶエロいね」

　覆いかぶさって、満足そうにわたしのことをただじっと見てるだけ。

　先輩って、イケナイコトがすごく好きだと思う。

　今だって、こんな姿のわたしを見て、すごく愉しそうに欲しそうな顔して笑ってるから。

「いつかさ、この胸のとこ噛ませてほしいな」

　やだって、できないって、首を横にフルフル振って必死に訴えるけど。

　指先で心臓の少し横……左胸のあたりに軽く触れて。

「今は我慢するけど、痕は残させて」

「ん……っ」

「あんまり動くと噛んじゃうよ」

「っ……」

　胸のところを軽く吸われて、ちょっとだけチクッとして。

　何度も吸い付くようにキスを落としてくる。

「ひとつにするつもりだったけどたくさん残しちゃった」

　たまに素直になって甘えてみたら。

「もっと緋羽ちゃんの可愛いとこ見たい」

　透羽先輩が、もっともっと甘えてきて。

　いつもみたいに止まってくれなくなるから、とっても大変だ。

誘惑の甘いリップ。

　秋らしさが完全に抜けて、冬の冷たい風が吹き荒れる12月初旬のこと。

「早く冬休みにならないかなー」

　これ、最近の透羽先輩の口ぐせ。

「まだ12月に入ったばかりですよ。冬休みはもうちょっと先です」

「いっそのこと12月ぜんぶ休みにしてくれたらいいのに。空逢の権限でなんとかしてもらえないもんかねー」

　さすがにそれは無理があるんじゃ。

　どうやら冬休みがかなり待ち遠しいみたい。

「そんなに長いお休みほしいですか？」

「だってさ、緋羽ちゃんとずっと一緒にいたいじゃん」

　今もこうして、お昼休みは先輩と屋上で過ごすのは前と変わらず。

「授業がある日は、ほぼ1日中ずっと緋羽ちゃんの顔見れないし」

「寮ではずっと一緒ですよ？」

「んー。俺はね、片時も緋羽ちゃんと離れたくないの、わかる？」

　最近、透羽先輩のわたしへのベッタリ度がものすごく増してるような気がする……！

「お昼休みしか緋羽ちゃんに会えないのやだなー。緋羽ちゃ

んは俺がそばにいなくて寂しくないの？」

　わたしだって、できることなら透羽先輩とずっと一緒に
いたいけど。

　学年が違うから、それはどうしても難しいこと。

「俺はこんなに寂しくて仕方ないのに」

「わたしも寂しいですよ」

「じゃあ、今すぐ俺と早退しよ？」

「その手には乗りません」

「厳しいなー」

　いつも何かと理由つけて、ふたりっきりになろうとする
から。

「早く放課後にならないかなー。寮に帰ってたくさん緋羽
ちゃんとイチャイチャしたいのに」

　今日も今日とて、甘さ全開の透羽先輩は健在です。

　　──放課後。

　今日はホームルームがすごく早く終わったので、透羽先
輩のクラスに行ってみようかな。

　いつもは下駄箱で待ち合わせだけど。

　他の学年のフロアに行くのは、やっぱり緊張しちゃう。

　透羽先輩いるかなって、教室の中を控えめに覗いてると。

　どうやら、先輩のクラスもすでにホームルームが終わっ
てるみたい。

「小桜さん？」

　急に背後から落ち着いた声が聞こえて振り返ると。

「あっ、神結先輩……！　お久しぶりです！」

「久しぶりだね」

　偶然なのか、神結先輩が声をかけてくれた。

「透羽に用事かな？」

「えっと、一緒に帰ろうかなって。わたしのクラスがホームルーム早く終わったので」

「そっか。残念ながら透羽はお昼休みから授業さぼってるんだ。まだ教室に戻ってきてないみたいだし」

　ということは、わたしとお昼休み過ごしてから、授業に出てないってこと!?

「最近の透羽は、頭の中ぜんぶ小桜さんのことしか考えてないみたいでね。授業がつまらないってよくさぼってるよ」

「そ、そうなんですね」

　いつも寮に帰ってから、授業疲れたってすごく甘えてくるのに。

　まさかさぼってたなんて！

　わたしは、ちゃんと受けてるのに！

「毎日のように透羽が気持ち悪い顔して小桜さんの可愛い自慢してくるから困ったものだね」

　たまに疑いたくなるんだけど、透羽先輩と神結先輩って、ほんとに仲良しなんだよね？

　神結先輩が、あまりにさらっと笑顔で毒みたいなの吐いてるから。

「あぁ、そういえばちょうどよかった。小桜さんにこれあげるよ」

　急に手渡された手のひらサイズの細長い箱。

　中身を取り出してみると、銀色のケースのリップのようなものが入っていた。

「僕ね、最近透羽にちょっとしたイタズラをされたんだ」

「イタズラですか？」

「そう。僕を使って実験したんだよ。そのせいで僕は恋音に触れたくてたまらなくなってね。まあ、なんとか抑えたけど」

　神結先輩って、ぜったい敵に回したらやばいタイプだ。

「だから、それの仕返しってことで」

　めちゃくちゃ満面の笑み。

　ものすごく黒いオーラ見えてますよ!?

「透羽ってさ、いつも余裕そうにしてるでしょ」

「そう、ですね」

「じゃあ、その余裕を崩すって意味で、そのリップ塗ってみるといいよ」

　リップを塗るだけで、そんな簡単に崩せるのかな。

　だって、いつもわたしばかりがいっぱいいっぱいで、透羽先輩が余裕をなくしてるところなんて見たことない。

「愉しみだなあ。透羽がどれだけ我慢できるか」

「……？」

「あっ、たぶん透羽が理性保つように必死に抑えると思うけど、小桜さんも頑張ってね」

　えっと、頑張るとはいったい何を？

　神結先輩の意図がよくわからないまま。

　透羽先輩と会う前に、せっかくなのでリップを塗ってみることに。

　銀色のふたをカパッとあけると、透き通った綺麗なラメが入ったリップだった。

　神結先輩から聞いた話だと、このリップは唇に塗ると色が変わるらしくて、個人によって色味（いろみ）が強く出たり、そんなに出なかったり。

　試しに唇に塗ってみると、花のいい香りがする。

　しばらくすると唇がじゅわっと潤（うるお）って、ほんのりピンク色が強くなってる。

「すごく可愛い色味だなぁ」

　すると、スカートのポケットに入れていたスマホがピコッと音を鳴らした。

　メッセージが届いたみたいで、透羽先輩からだった。

【緋羽ちゃん今どこにいる？　探しても見つからないから、寮に帰ってみたんだけど】

　どうやらわたしがリップに夢中になっていたせいで、入れ違いになっちゃったみたい。

【ごめんなさい！　すぐに寮に帰ります！】

　そう返信して、急いで寮の部屋へ。

「緋羽ちゃんってば俺のこと放ったらかして、どこ行ってたの？」

「うっ、ごめんなさい！　透羽先輩の教室に行ったんですけど……」

　偶然、神結先輩に会ったことを言おうとしたけど。

　『僕と話したことは透羽には内緒ね。リップのことも何も言っちゃダメだよ』って言われたのを思い出した。
「けど？」
「透羽先輩がいなくて。それで、どこか行っちゃったのかなって探してたら、入れ違いになっちゃいました」
「そっか。ごめんね、緋羽ちゃんのほうから会いに来てくれたのに」
「い、いえ。連絡してから行けばよかったですね」
　すると、透羽先輩がジーッとわたしの顔を見て、不思議そうに首を傾げてる。
「唇に何か塗ってる？」
「あっ、リップ塗ってます」
「そんな唇うるうるさせて、誘ってるの？」
　今にもキスできそうな距離に先輩が迫ってきてる。
「……キスしたくなるじゃん」
「しちゃダメって言ったら……っ？」
「そんな小悪魔なこと言って。俺のことどうしたいの？」
「先輩いつもキスばっかりする、から」
「緋羽ちゃんだからしたいのに」
　もう完全に危険なスイッチが入っちゃってる。
　早くキスしたいって、物欲しそうにわたしのこと見てるから。
「いいよね、しても」
　何も言わずに、ただじっと見つめてると。
「ほんと可愛い……。めちゃくちゃにキスしたくなる」

　その言葉どおりキスの嵐が降ってきて、少しも収まりそうにない。

　いつもキスしてると身体に力が入らなくなっちゃうから、透羽先輩がわたしの腰に腕を回して支えてくれて。

　キスを受け止めるのに精いっぱいなのに、どんどんキスが激しくなっていく。

　キュッと閉ざしていた唇をペロッと舌で舐められて、簡単に口の中に熱が入り込んでくる。

　いつもなら、わたしが限界になるまでキスを続けるのに。

　急に透羽先輩の身体が大きくビクッと跳ねた。

「せん、ぱい……？」

「……なんだろ。身体が変な感じする」

　ちょっと息が苦しそうで、身体に触れるとわずかに熱を持ってるような気がする。

「……血、欲しい」

　吸血欲が高まってるのか、乱れた呼吸のまま首筋に唇を這わせて今にも噛みついちゃいそう。

「ごめん……我慢できないから、このまま噛んでいい？」

「だいじょうぶ、です」

　ギュッと先輩に抱きつくと、いつもの痛みが走って血を吸われてる。

　しばらく吸血してたんだけど。

　吸血欲がすぐに収まらなくて、噛み方も荒くてずっと血を欲しがって。

　少ししてから、やっと落ち着いたみたい。

「いつもより多く欲しがってごめんね」

「い、いえ。それよりも、先輩は体調大丈夫ですか？」

「ん……今は緋羽ちゃんから血もらったおかげで落ち着いたかな」

　こんな急に吸血欲が高まることなんてあるのかな。

　たまたまなのか、それとも何か理由があるのか。

「無理しちゃダメです」

「そうだね。あんまり欲しがると、緋羽ちゃんの身体にも負担かかっちゃうし」

　わたしは大丈夫なのに。

　それよりも先輩の身体のほうが心配。

　これ以上何も起こらないといいんだけど。

　その日の夜、お風呂から出て髪を乾かしてるとき。

　そういえば、あのリップ寝る前に塗ると保湿の効果があるって箱に書いてあった。

　冬は唇が乾燥しやすいから、塗ってみようかな。

　もう夜の10時を過ぎていて、透羽先輩は先にベッドに行っちゃったみたい。

　いつも寝るときは、灯りをぼんやりつけて完全に真っ暗な状態じゃない。

「ん、緋羽ちゃんおいで」

　ベッドの上に乗って、腕を広げて横になってる先輩の胸にダイブ。

「お風呂出たばっかりだからポカポカだね」

「身体はもう大丈夫ですか？」

「緋羽ちゃんに血もらったから平気だよ。ごめんね、心配かけちゃって」

「それならよかったです」

　薄暗い灯りの中で、ひょこっと顔をあげて先輩のことを見つめると。

　何も言わずに、軽く唇が重なった。

　朝起きたときと夜寝る前は、いつもキスしてる。

　物足りなくなると、もっと誘うように唇をペロッと舐めてくる。

「もっとしよ、緋羽ちゃん」

「……ん」

　触れてるだけじゃ足りなくなって、わたしの唇を舐めた瞬間。

　少ししてから、またしても透羽先輩の様子がちょっとずつおかしくなってきた。

「はぁ……っ、どうしよ。また血が欲しくなってきた」

　いつもは、こんなに欲しがったりしないのに。

　もしかして、透羽先輩の身体の中で何か異変が起きてるんじゃ。

「血飲みますか？　わたしは大丈夫なので」

「ん……いい。今飲んだら止まんなくなりそう」

「でも、先輩つらそうです。血が足りてないときと同じくらい呼吸が浅くて心配です」

　噛みやすいように部屋着の襟元を少し引っ張って、首筋

が見えるようにすると。

　余裕さを完全に失った先輩が覆いかぶさってきた。

「……ごめん、やっぱ我慢できない」

　いきなり深くグッと噛んできて、刺すような強い痛みが走る。

　いつもは慣らしてくれるけど。

　そんな余裕が今はないんだって、噛み方でわかる。

　夕方のときよりも血を飲む量が増えていて、ずっと飲み続けてる。

　これで少しは落ち着くといいんだけど。

「は……っ、おかしい。全然止まんない」

　吸血してる今も呼吸が乱れていて、飲むペースも全然落ちない。

　こ、このままじゃわたしが先に貧血になっちゃう。

「もっと……もっと甘いの欲しい」

「ん、やっ、まって……っ」

　先輩の手が太ももの内側に触れてる。

「ここ……噛んじゃダメ？　甘いの欲しくて死にそう」

　そんな熱っぽい瞳で見つめられたら、拒否できなくなっちゃう。

「ねぇ、緋羽ちゃん……ちょうだい」

「ちょっと、だけ……ですよ……っ」

　ほんとは恥ずかしくて無理だけど、先輩の吸血欲が少しでも収まるなら。

　太ももの内側に先輩の熱い唇が触れて、さっきと同じく

らいの強い痛みが入り込んでくる。

「はぁっ……あまっ。すごい興奮する」

　太ももに唇を這わせたまま、さっきみたいにずっと血を吸ってる。

「まだ……やめないの……っ？」

「……あともう少し」

　噛むところによって、血の甘さが変わるって先輩は言うけど。

　太ももの血って甘いのかな。

　ぼんやりそんなことを考えてると、やっと満足したみたいで吸血がストップした。

　これでようやく落ち着いたと思ったら。

「……今度は緋羽ちゃんのこと欲しくなった」

「へ……っ」

「俺が満足するまで付き合って」

　それから先輩が満足するまで。

　何度も甘いキスが繰り返し落ちてきた。

「求めすぎちゃったね」

「ぅ……こんなにたくさんキスしたの初めてです」

　今やっと透羽先輩が落ち着いたんだけど、反対にわたしがキスしすぎてばてちゃってる状態。

　もう何回キスしてたかわかんないくらい。

　それに、たくさん血を吸われたから身体の力が全然入らない。

「なんだろうなー。今日は緋羽ちゃんにキスすると、急に抑えきかなくなる」

　これといって、特に変わったことなかったはず——。

「あっ、もしかしてリップ……」

　唯一いつもと違うといえば、神結先輩からもらったリップを塗ってる。

「リップがどうしたの？」

「いや、えっと、リップが原因だったりするのかな、なんて」

　すると、透羽先輩が考えるそぶりを見せて。

　何かに気づいたのか、急に深いため息をついた。

「さては空逢の仕業？」

　ギクッ。神結先輩の名前出してないのに！

　透羽先輩ってば勘が鋭い。

「はぁ……やられたなー。この前の仕返しってことか」

「神結先輩に何したんですか？」

「んー。まあ、ちょっと変な気分になるやつ飲ませたんだけどさ。空逢の体質に結構きいたみたいで、満面の笑みで怒られたんだよ」

　うわ、それは間違いなく神結先輩がブチ切れてるサインだよ。

　普段優しくて温厚（おんこう）な人ほど、怒らせたら怖いものってないもん。

「空逢のことだから何か仕掛けてくるとは思ったけど。まさか緋羽ちゃんに仕込んでくるとはなー。ずるいよね、リップで誘惑してくるなんてさ」

　後日、リップの効果を神結先輩に聞いたらしく。

　吸血鬼にとって、かなり刺激的な成分が含まれているみ
たいで、少しでも舐めちゃうと吸血欲がものすごく高まっ
ちゃうんだとか。

　おまけに、変な気分にまでなる作用もあったみたいで。

　この危険なリップを使うことはしばらくなさそうかな。

刺激的な満月の夜。

学園はやっと冬休みに入った。

今日はなんと学園を飛び出して、とある場所に来ております。

「わぁぁ、人がすごいですね！」

「さすが観光地だねー」

今日から１泊２日で透羽先輩と旅行することに。

古い街並みを散策して、食べ歩きをしようって透羽先輩がこの旅行を計画してくれた。

そして、じつはこの旅行わたしたちだけじゃなくて。

「ほら、恋音は僕のそばから離れないで。他の男に連れ去られたら大変だ」

「空逢くん過保護すぎるよ……っ！」

「そう？　今だって僕の可愛い恋音が他のやつの目に映ることが許せないくらいだよ」

神結先輩と漆葉先輩も一緒なのだ。

旅行先まで神結先輩が車を用意してくれた。

そして、今やっと観光がスタートするところ。

メジャーな観光地なのと、休み期間中なので人の混み具合がすごいことになってる。

「んじゃ、とりあえずお腹空いたし何か食べよっか」

「そうですね！　すごく楽しみです！」

温泉地でもあるので、いたるところに温泉まんじゅうが

売ってる。

　それに、SNSですごく話題になってるイチゴの専門店もあったり。

　とにかく食べたいものが多すぎる……！

　まずは、ここの地方でしか食べられないプリンをゲット。

　透羽先輩と神結先輩は、あんまり甘いのが得意じゃないみたいなので、漆葉先輩とわたしだけが食べることに。

「ん～、なめらかですごく美味しいです！」

　わたしが塩キャラメルプリンで、漆葉先輩は抹茶プリンを食べてる。

「え、えっと、小桜さんも抹茶食べますっか？」

「えっ、あ……いいんですか!?　それじゃ、わたしのやつもよかったら……！」

　少し照れた様子で漆葉先輩が話しかけてくれて、おまけにプリンを分けてくれるなんて天使すぎる!!

「恋音も小桜さんもやり取りがぎこちないね。もっとお互い気楽に話したらいいのに」

「気楽なんてそんな……！　わたしは漆葉先輩とこうしてお話しできるだけで満足っていうか！」

　神結先輩が、わたしたちの様子を見てクスクス笑ってる。

「恋音は少し照れ屋さんなところがあってね。ほんとは、小桜さんともっと仲良くしたいって、旅行前から張り切ってたんだけどね」

「そ、空逢くん……！　それは内緒にしてってお願いしたのに……っ」

か、かかか可愛い……!!

「恋音ちゃんは控えめなところあるもんねー。緋羽ちゃんも恋音ちゃんと一緒に旅行するのすごく楽しみにしてたから、ふたりとも仲良くできるといいねー」

「あわわっ、なんで言っちゃうんですか!」

　憧れの漆葉先輩と旅行できてうれしいし、あわよくばもう少しお近づきになれたら……なんて願望(がんぼう)あるけど!

「あ、あの……っ、よかったらわたしも緋羽ちゃんって呼んでもいいですか?」

　ぐはっ、可愛すぎる……!!

「も、もちろんです!　えっと、わたしも恋音先輩って呼んでもいいですか……っ!」

「ぜ、ぜひ!　えへへっ、なんか照れちゃいますね」

　恋音先輩って普段ものすごくしっかりしてるイメージだったけど。

　結構ふわふわしてて、すごく話しやすいし、何より可愛さが異常すぎるよ。

　神結先輩が心配でたまらないわけだ。

　食べ歩きして、お腹が満(み)たされたところでちょうど足湯(あしゆ)を発見。

「恋音先輩!　足湯ありますよ!」

「わぁ、ほんとですね!　せっかくなので入りましょうかっ」

　温泉地でもあるから、足湯も有名なんだなぁ。

　足先がポカポカして気持ちいい。

　足湯を堪能したあとは、メインと言ってもいい縁結びの神社のほうへ。

「うわぁ、緋羽ちゃん見てください！　このハートの絵馬可愛いですねっ」

「絵馬より恋音先輩のほうが可愛いです！」

　わたしのところに絵馬を持ってきて、天使みたいに笑ってる恋音先輩が尊すぎる……！

　勝手に恋音先輩と距離が近くなったような気がして、もはやふたりで旅行を楽しんでる気分。

「えぇ……っ！　そんなことないです！　2枚もらってきたので緋羽ちゃんも一緒に書きましょうっ」

　ルンルン気分で恋音先輩と絵馬を書いたり、お参りしたりおみくじを引いたり。

　そんなわたしたちの様子を、何も言わずに透羽先輩と神結先輩は見守ってくれていたんだけど。

「はぁぁぁ……恋音がすごく楽しそうなのはいいんだけど。僕がまったく相手にされなくて死にそう」

「俺たち可愛い彼女に捨てられちゃったなー」

「透羽と一緒にしないでくれる？　ってか、何が楽しくて透羽と縁結びの神社にいなきゃいけないわけ」

「仕方ねーだろ。可愛い彼女が行きたいってはしゃいでるんだから」

「透羽のほうが冷静なのムカつくね」

「いや、俺も結構寂しいけど。だからさー、俺のこと慰め

てくれよ空逢くんー」

「死んでも無理。僕は恋音しか受けつけないから」

「冷たいのなー」

　夕方になって、観光を満喫したあと旅館に向かうことに。

　今日泊まる旅館は、なんと神結先輩のお父さんが経営に関わってるみたいで、今回特別にすごくいい部屋に泊めてもらえることになった。

　透羽先輩と神結先輩がフロントでチェックインの手続きをしてくれてるので、ロビーのソファで恋音先輩と待つことに。

　しばらくして、ふたりが部屋のカードキーを持ってやってきた。

「今回２部屋取ってあるから。はい、こっちが緋羽ちゃんと恋音ちゃんの部屋のやつねー」

　えっ、あ……透羽先輩と部屋別々なんだ。

　そりゃそっか。てっきり透羽先輩と一緒の部屋かなって思ってた。

「俺と同じ部屋じゃなくて寂しい？」

「だ、大丈夫です！　恋音先輩が一緒なので、ふたりで温泉楽しみます！」

「どうしても寂しかったら、俺のこと呼んでもいいんだよ？」

「平気ですもん。寂しくないです！」

　そうだよ、いつも寮で一緒に過ごしてるから、たまには少し離れたって平気……なはず。

　荷物を運んでもらって、部屋の中をぐるりと探索。

　部屋は和室で、ふたりで使うにはものすごく広い。

　ふすまで仕切られているところを開けると、大きなサイズのベッドが目に飛び込んできた。

　てっきりお布団だと思ってたけど、ここはベッドなんだ。

　しかも、ベッドはひとつしかないから夜は恋音先輩とここで一緒に寝るのかな。

　ベッドのそばには、おしゃれな間接照明（かんせつしょうめい）がいくつか置いてあって。

　この部屋の外に、露天風呂（ろてんぶろ）がついてるみたい。

「わたしこんなに広い部屋に泊まるの初めてです！」

　こんなはしゃいで子どもっぽいかな。

「ふふっ、そうなんですね。夕食の時間がもうすぐなので、食べ終わったら大浴場（だいよくじょう）行きましょうっ」

　温泉楽しみだなぁ。

　個人の部屋についてる露天風呂もいいけど、すごく広い大浴場もあるみたい。

　夕食は透羽先輩たちと４人で大広間（おおひろま）で食べて、部屋に戻ってお風呂に行く準備をして恋音先輩と大浴場へ。

「わぁぁぁ、お風呂広いですね！　しかも貸し切り!!」

　ラッキーなことに、わたしたち以外に誰もいない。

　美肌（びはだ）の湯（ゆ）が有名みたいで、薄紫色っぽいお湯からふわっといい匂いがする。

　身体が冷え切ってるから、お湯に浸かると温まってすごく気持ちいいなぁ。

「お肌すべすべ効果あるのいいですね。もちもち肌になっ
たらうれしいですっ」

「恋音先輩は、もうすべすべですよ！」

「そんなそんなっ。緋羽ちゃんのほうが、お肌すごく綺麗
です」

　憧れの恋音先輩と、まさかこんなふうに一緒にお風呂に
入ることになるなんて……！

　はっ……。というか、神結先輩は許可してるのかな!?

　あれだけ恋音先輩にぞっこんだと、女のわたしですら容
赦しなさそうだし！

　顔半分をお湯にちゃぽんと浸けて、ジーッと恋音先輩を
見ちゃう。

　長い髪をひとつにまとめてて、すごく色っぽくて。

　スタイルもいいし、可愛さと女性らしさをどちらも備え
てるのが羨ましいなって。

　あれ、そういえば恋音先輩の首元……服と髪で隠れてた
けど、紅い痕がいくつか残ってる。

　そ、それに、胸元のちょっと際どいところにも。

　うわぁ、なんか見ちゃいけないものを見ちゃった気がす
るよぉ……！

「緋羽ちゃん、どうしました？　急に顔真っ赤になってま
すよ？」

「え、あっ……いや、恋音先輩の、その胸元……」

「へっ……？」

「あの、見るつもりなかったんですけど……！　あまりに

たくさん紅い痕が残ってるので目に入っちゃって……！」

　今度は恋音先輩の顔が赤くなって、恥ずかしさを隠すように両手で顔を覆っちゃった。

「ぅ……空逢くんってば、あんまり残しちゃダメって言ったのに……っ」

「そ、それって血を吸われた痕ですか？」

「えっ……あっ、いやこれは……えっと……違うやつ、です」

　うわぁ……今の恋音先輩の反応からして、わたしが知らないちょっと大人な世界のことのような気がする。

　透羽先輩と付き合って、まだキスしかしてないけど。

　いつか、キスよりもっとするのかな。

　というか、透羽先輩はそういうことしたいって思ったりするのかな。

　でもでも、わたし恋音先輩みたいにスタイルよくないし、体型に自信ない。

　それに、透羽先輩は過去にいろんな女の子と遊んで、そういうことしてるだろうし。

　あっ……ちょっとだけ、もやっとした。

　過去は過去なのに。

　透羽先輩と、そういうことしてきた女の子が羨ましく感じるの、おかしいのかな。

　だって、わたしにはキス以上のことしてこないし。

「ひ、緋羽ちゃん？　どうしちゃいましたか？　なんだか顔色が……あっ、もしかしてのぼせちゃいましたか!?」

「えっ、あっ全然平気です……！　すみません、ちょっと

考え事しちゃって！」

　ダメだダメだ。こんなこと考えたって仕方ないんだから、今は忘れちゃおう。

　恋音先輩と温泉を満喫して、旅館で用意してもらった、えんじ色の羽織りにピンクの浴衣を着た。

　せっかくなら透羽先輩にこの浴衣姿見せたかったなぁ。

　あとは恋音先輩と部屋に戻るだけなんだけど。

「あっ、ごめんなさい。空逢くんから連絡が来てて」

「そうなんですね！　じゃあ、わたし先に部屋に戻ってます！」

　何か急用なのかな。

　部屋に戻ると真っ暗で、すごくシーンとしてる。

　とくに何もすることがないので、部屋の電気もつけずベッドの上にボスッとダイブした。

　透羽先輩は、いま何してるのかな。

　夕食を一緒に食べてから顔を合わせてない。

　たった数時間、離れてるだけなのに。

　平気だって、ちょっと強がってたかもしれない。

　透羽先輩に会いたい……な。

　いつも一緒にいるのが当たり前すぎて、離れたらこんなに相手のことを考えちゃうんだ。

　透羽先輩を近くに感じないと心がすごく寂しくて、無性に会いたい気持ちが強くなる。

　うぅ……わたしから会いたいって連絡することないと思ってたのに。

　気づいたら、スマホを取り出して透羽先輩の名前を探して
てる。

　真っ暗の部屋でスマホの明るい光をボヤッと見てると、
急に部屋の扉がノックされた。

　恋音先輩が戻ってきたのかな。

　部屋の鍵はオートロックだから、わたしが中から開けない
と。

　誰かも確認せずに、扉を開けてびっくりした。

「え……なんで……」

　そこにいたのは──透羽先輩だった。

　突然すぎるよ。連絡も何もしてないのに。

「そろそろ緋羽ちゃんが寂しくなるだろうと思って」

「っ……」

　抱きしめてほしくて、気づいたら透羽先輩の胸に飛び込
んでた。

「ほんとは俺が寂しくて我慢できなかったんだけど」

　うれしそうな声で、もっと強い力でギュッて抱きしめ返し
てくれた。

「やっぱり緋羽ちゃんが一緒じゃないとダメみたい」

「ぅ……わたしも、透羽先輩と一緒がいい……っ」

「今日は素直な緋羽ちゃん？」

「いつも素直なのに……」

「はいはい、可愛いんだから」

　わたしの頭をよしよし撫でながら、ふたりで部屋の中へ。

「ちょっとの間、離れてただけなのに。緋羽ちゃんに会い

たくて触れたくなっちゃった」

　先輩もお風呂あがりなのか、ふわっと石けんのいい匂いがする。

「このまま同じ部屋で泊まろっか」

「でも、恋音先輩が……」

　神結先輩から連絡が来て、どこかに行っちゃったみたいだけど。

　もう少ししたら戻って来るんじゃ。

「恋音ちゃんなら戻ってこないよ。空逢が連れ去ったから」

「えぇ……」

「俺も空逢も我慢が苦手だから。可愛い彼女とひと晩だけでも離れるの無理だったみたい」

　それなら、わざわざ部屋分けなくてもよかったんじゃ。

「緋羽ちゃんと恋音ちゃんが仲良さそうにしてたから、同じ部屋がいいかと思ったんだけど。結果的に俺と空逢が限界だったね」

　抱きしめる力を少しゆるめて、先輩の視線が少し下に落ちた。

「浴衣、すごく可愛い」

「先輩に見てほしかったです……っ」

「ずいぶん可愛いことばっかり言うじゃん」

　先輩も色違いの青の浴衣を着ていて、あまり見慣れない姿に心臓がドキドキバクバク。

「じゃあ、もっと可愛い緋羽ちゃん見せて」

　お姫様抱っこされて、ベッドのほうへ。

　抱きしめられたまま、身体がゆっくり倒れていく。

　ベッドのそばにある大きな窓から、空に浮かぶ綺麗な満月が見えた。

　あまりに綺麗だから、少しの間ボーッと見惚れていると。

「緋羽ちゃん知ってる？　満月の夜は吸血鬼にとって特別なものだって」

「特別、ですか？」

「そう——満月の夜は、いろんな欲が強くなるの」

　チュッと軽く触れるだけのキスが落ちてきた。

　真上に覆いかぶさってる透羽先輩は、瞳が熱を持っていて、ちょっと危険に見える。

「緋羽ちゃんのこと、たくさん欲しくなる」

　今日は、いつもと何かが違う。

　このまま透羽先輩に触れられることを許したら……止まってくれないような気がして。

　さっき、お風呂で考えてたことが頭の中に浮かぶ。

「たくさんって、キスよりもっと……？」

　何気なく聞いちゃった。

　透羽先輩も、わたしがこんなこと言うとは思ってなかったのか、目を見開いて驚いてる。

「……まさか緋羽ちゃんからそんな言葉が出てくるなんてびっくりしちゃったよ」

「先輩は、したくない……の？」

　これまたさらに驚いた表情をして、言葉を失って動かなくなっちゃった。

　ストレートに聞きすぎて引かれた……かな。

「まいったなー……。今日は緋羽ちゃんがすごく積極的だ」

　頭をガシガシかきながら、ちょっと困った顔をしてる。

「したくないって言ったら嘘になるけど。焦ってするようなことじゃないから」

　覆いかぶさるのをやめて、わたしと同じようにベッドにドサッと倒れ込んだ。

「緋羽ちゃんのこと大切にしたいから。俺の欲だけで壊したくないんだよ」

　透羽先輩は、いつもそう。

　わたしの嫌がることはしないし、ぜんぶわたしのペースに合わせてくれる。

　たまにキスだけじゃ止まりそうにないときも、必ずどこかでブレーキをかけて、それ以上はしてこなかった。

　先輩が、わたしのこと大切にしてくれてるのは充分すぎるくらい伝わったから。

「先輩がしたいなら、する……っ」

「いや、だからそんな簡単に……」

「いいの……っ。先輩に我慢してほしくない、もん……っ」

　気づいたら、今度はわたしが透羽先輩の上に覆いかぶさって──キスしてた。

　今まで自分からキスするなんて、ぜったい無理って思ってたけど。

　身体が勝手に動いてた。

「っ……、それはずるいって」

　触れてた唇を離そうとしたら、後頭部に先輩の手が回って、さらにグッと唇を押しつけられた。
「……抑えきかなくなる」
「ん……っ」
　誘うように唇を動かして、上唇をやわく噛んだりしてキスしながら体勢が逆転した。
　熱っぽい、色っぽい瞳で見下ろしてくる。
「……一度タガ外れたら止まんないよ」
「っ……」
「緋羽ちゃんが怖がっても、途中でやめてあげられない」
　何も言わない代わりに、先輩の首筋に腕を回してギュッと抱きつくと。
「……可愛すぎて無理」
　キスよりもっとなんて、はじめてだから……ちょっぴり怖い気持ちもあるけど。
　先輩ならきっと優しくしてくれると思うから。
　じっくり時間をかけて深いキスをして。
　身体に触れてくる手も、すごく優しくて強引さもなくて。
　次第に身体の内側がジンジン熱くなって、どこを触られても身体が反応しちゃう。
「そこ、ダメ……っ」
「……知ってるよ。緋羽ちゃんがここ弱いの」
「あぅ……っ」
「だからわざと攻めてるのに」
　指先に力を込めたり、ゆるめたり。

　熱い波にどんどん溺れていく。

　経験したことない甘い痛みが襲ってきて、求めるように手を伸ばすと。

「いいよ、俺の手強く握って」

「ぅ……はぁ……」

　息も乱れて、痛みも強くなって、どうしたらいいのかわかんない……っ。

　悲しいわけじゃないのに、涙も出てくる。

「……痛いね。もっと力抜いて」

　身体が熱くて、もどかしくて。

　頭がクラクラして、意識がどこかに飛んじゃいそう。

「俺にぜんぶあずけていいよ」

「……っ、ん」

　すべてを包み込むように、優しく抱きしめてくれて。

　少し顔を歪めながら、乱れた浴衣を気にすることもしないで。

「可愛い……俺だけの緋羽ちゃん」

　これでもかってくらい透羽先輩の愛に包まれて──すごく幸せで甘い夜だった。

可愛すぎて溺れてる。〜透羽side〜

「……ほんと可愛い」

　俺の腕の中でスヤスヤ眠る緋羽ちゃんの寝顔を見て、思わずひとりごとが漏れる。

　だいぶ無理をさせたから、少しのことじゃ目を覚まさないと思う。

　昨日の夜……俺にぜんぶあずけて途中で意識を飛ばしたせい。

　好きな女の子——自分が愛してやまない子を抱くのって、こんな幸せなことなんだって。

「とわ、せんぱい……」

　ほら、今も無意識に俺の名前を呼んで、小さな身体でギュッと抱きついてくるのずるいなー……。

　起こさないように、ちゃんと抱きしめ返してあげる。

　あー……身体密着するとやばい。

　さすがに寝てる相手を襲うのはダメって頭では理解してるけど。

　やわらかいのあたってるし……これ生殺しだよね。

　いろんな欲がブワッと湧きあがりそうで、それを自分の中でグッと抑え込む。

　ってか、こんな展開になるのも想定外だったし。

　ほんとは、キス以上のことはまだするつもりなくて。

　緋羽ちゃんのペースに合わせて、大切にしたいって気持

ちが強かったから。

　女の子に対して、そんな気持ちを抱いたのは緋羽ちゃんが初めてだった。

「なんでこんな可愛いかなー……」

　頬に触れると、もちもちでやわらかいし。

　小さな唇から漏れる吐息すらも可愛い。

　寝顔もとびきり可愛くて、天使みたいだし。

　自分がまさか、こんなにもひとりの女の子にのめり込むなんて。

　緋羽ちゃんと出会う前の俺なんて、ほんとろくでもないやつだったし。

　来る者拒まず、去る者追わず──求められたら応えるだけで、かなり遊んでたなー……。

　ってか、今まで血の契約とかどうでもよかったし。

　別に契約は強制でもないし、ひとりの子に限定して血をもらうよりか、契約しないでいろんな子からもらえたらそれでいいかって。

　かなりテキトーだったなー。

　まあ、遊んでるほうが気楽だし、何より自分が本気で欲しくて手に入れたいと思う子が、いなかったっていうのもあるけど。

　緋羽ちゃんと出会った頃も、こんな感じでいろんな子を相手にしてたし。

　いつから、こんなに緋羽ちゃんに夢中になってたんだろう。

　最初はただ興味本位。

　女の子はみんな、ちょっと笑顔で攻めたら簡単にころっと堕ちてくれるのに。

　緋羽ちゃんは堕ちるどころか、俺のことものすごく嫌ってたし。

　一途だの、王子様だの、夢見がちなことばかり言ってるいまどき珍しい子。

　俺みたいな、誰かれ構わず手を出してるようなチャラチャラしてるタイプはぜったいやだって、はっきり言うし。

　そんな子が、自分に振り向いてくれたらどんな可愛い反応を見せてくれるんだろうって。

　でもさ、緋羽ちゃんかなり手強（てごわ）いから、俺も扱いに困ることも多くて。

　ちょっと顔を近づけたり抱きしめたりしたら、リンゴみたいに真っ赤な顔して見つめてくるし。

　これがまた抜群に可愛すぎて、俺の心臓変な動きするときあるんだよね。

　しかも、俺を見るとき自然と上目遣いになるから、これもまた可愛さが渋滞（じゅうたい）。

　こんなに可愛さを持て余（あま）してるくせに、男にまったく免疫ないっていうから——そんなのぜんぶ、俺の色に染（そ）めたくなるじゃん。

　ほんとは俺に夢中になってほしかったのに。

　次第に緋羽ちゃんの魅力に惹かれてるのは俺だったね。

　普段は、ちょっと強がりで素直じゃない子。

　自分が可愛いって自覚してないし、無防備なところも結

構あったりする。

　だけど、自分をしっかり持ってる子でもあって。

　他の子とは違って言いたいことはっきり言うし、俺の表面的な態度にも騙されない、真っ直ぐで本当に純粋な子。

　とにかく俺のそばに置いておかないと、心配で仕方ない。

　いつか、俺以外の男に緋羽ちゃんの可愛い一面を知られて、その純白さを汚されるくらいなら。

　俺がぜんぶ汚して——ぜんぶ俺のものにしたいって。

　緋羽ちゃんを見ていたら、可愛いしか出てこないくらい語彙力が死んでる。

　付き合ってから、さらに緋羽ちゃんの可愛さに溺れてばかりで。

　俺にだけ甘えてくるのもグッとくるし。

　少しわがままになったりすると、不意に敬語が取れて小悪魔ちゃんになるところも、たまらないじゃん。

　本人は、これをぜんぶ無自覚にやってくるから、ちょっとタチ悪い。

　俺ばかり夢中になって、振り回されてるの気づいてる？

　今だって、俺も寝たいところだけどまったく眠れないし。

　あんなに緋羽ちゃんを求めて、自分の欲をぶつけたのに、もっと抱きたい欲が出てくる。

　だってさ、こんな可愛い彼女が無防備な姿で寝てたら、我慢するなんて至難の業でしょ。

　この状況で寝れる男いないよ。

　これは一睡もできない気がする。

　結局、少しも眠ることができず、外が明るくなり始めた。

　はぁ……俺よく手も出さずに我慢したよ。

　緋羽ちゃんは、相当身体に負担がかかっていたのか、一度も目を覚ますことなく、今もスヤスヤ気持ちよさそうに眠ってる。

　俺の彼女可愛すぎる……。

　寝顔ずっと見てられるんだけど。

　触れたい衝動を抑えられず、やわらかい頬に触れた。

　少し撫でると、わずかにピクッと反応してる。

　起こさないように触れたつもりだったけど。

　窓から入ってくる日差しもあって、どうやら目を覚ました様子。

　ゆっくり大きな瞳が開かれて、長いまつげが揺れてる。

　あー……寝起きでこの可愛さってやばくない？

　目がとろーんとして、ボーッとしてるのか俺のことひたすら見つめてるし。

　無理……可愛すぎる。

　今すぐめちゃくちゃにキスしたくなる。

「とわ、せんぱい……」

「ん？　どうしたの？」

「まだね、眠い……の」

　これ完全に寝ぼけてるなー……。

　敬語取れてるし、少し幼い感じだし。

「うん。昨日無理させたから、まだ寝てていいよ」

　緋羽ちゃん、俺はね今すごく我慢してるから、もう少し

可愛さ抑えてくれないと困るよ？

「でも、透羽先輩とギュッてしたいの」

　あーあ……またそんな可愛いこと言って……抱きつぶしたくなるじゃん。

　本人は煽ってる自覚ないんだろうけど。

「甘えん坊なの可愛すぎるよ」

　この子、昨日の夜俺と何したのか覚えてるのかな。

　ほぼ何も身につけてない状態で抱きつかれると嫌でも変な気起こっちゃうんだけど。

　昨日の夜……俺の腕の中で乱れて、熱に溺れてる緋羽ちゃんを思い出すと。

　はぁぁぁ……これダメだ。いろんな欲が高まって、自分の中でいろんなものが葛藤してる。

「ん……なんかギュッてするといつもより温かいの、なんで……？」

「お互いの体温をじかに感じてるからだよ」

　俺の言葉を理解できなかったのか、首を傾げてキョトンとした顔してる。

　あー、ほんと可愛いな……。

「……昨日の夜のこと、思い出させてあげよっか」

　スッとやわらかい肌を撫でると、身体がわずかにビクッと反応してる。

「ここ……触るといい声出るもんね」

「ひゃっ、あぅ……っ」

「あと、ここ……強くすると気持ちいいでしょ」

「っ……やぁ」

　身体をよじって逃げようとしてるけど、そう簡単には逃がすつもりないよ。

　細い腰に腕を回して、グッと自分のほうへ抱き寄せた。

　俺が与える刺激で少しずつ目が覚めてきたのか。

「もっとする？」

「あ、朝からダメ……ですっ」

「緋羽ちゃんのほうから煽ってきたくせに」

「煽ってない、ですもん」

「よく言うよ。そんな無防備な姿で抱きついてきてさ」

「……？」

「自覚ないなら、もっと触るよ？」

　さらに触れると、かなりびっくりした顔をしてる。

「えっ、あ……なんでわたし何も着てな……」

「忘れちゃった？　昨日の夜あんな激しいことしたのに」

　ようやく自分の無防備さを自覚したのか、みるみるうちに頬が真っ赤に染まっていった。

「な、なななっ……うぅ……っ」

　どうやらぜんぶ思い出したみたいで、すぐさま布団を頭からかぶって隠れてるし。

　行動がいちいち可愛いから困るよなー。

「ひーうちゃん。今さら隠れても遅いですよー」

「うぅっ、むり……むりっ」

「もうぜんぶ見てるから」

「そ、そそそれ以上喋らないでください……っ!!」

　さっきまであんな甘えてたくせに。

　いつもの恥ずかしがり屋の緋羽ちゃんに戻ったか。

　まあ、俺としてはどっちの緋羽ちゃんも可愛くて好きだからいいけど。

「昨日の夜の緋羽ちゃん乱れて可愛かったなー」

「ぅ……もう喋らないでって──」

「じゃあ、俺の口塞いでくれる？」

　バサッと布団をめくると。

「っ、やっ……見ちゃダメ……っ」

　あー……なにこれ、ゾクゾクする。

　ほぼ何も身につけてない姿……めちゃくちゃ興奮する。

「……かわいー。早く緋羽ちゃんの唇で俺の口塞いで」

「まっ……んんっ」

　昨日の夜あんな抱いたのに。

　やわらかい唇が触れた途端、いろんな欲がブワッと高まってくる。

「触りながらキスされたら気持ちいい？」

「んぁ……ぅ、わかんない……っ」

　俺にキスされて、とろけた顔してんのたまんない。

　何度キスしても、どれだけ触れても全然足りない。

　あーあ……このまま抱きたいけど。

　緋羽ちゃんの身体のことを考えたら、ここで我慢しなきゃいけないよなー……。

　グッと自分の中で欲望を抑えた。

「はぁ……っ、ぅ……」

　少しキスしただけなのに、いまだに慣れてないのか息を乱してるし。

「……今ここで我慢した俺えらいよねー」

「うぅ……またキスばっかり……っ」

「我慢したごほうびにさ、一緒にお風呂入ろうよ」

「む、無理です……っ」

　いや、そんな速攻拒否しなくてもいいじゃん。

　地味に傷ついたんだけど。

「緋羽ちゃんに拒否権はありませんよ」

「んなっ、ぜっったい嫌です……」

　へぇ……そこまで強気に拒否するなら、俺だって折れる気ないから。

「そんなに嫌がられたら、俺傷ついちゃうなー」

「し、知らないです」

　布団で身体を隠して、俺から逃げるようにベッドから出ようとしてる。

　でも、逃げられるかなー？

「う、動けない……っ」

　やっぱり。なんとなく予想してたとおり。

「脚に力入らないでしょ？」

「な、なんで……」

「激しくしちゃったせいかなー」

「うぁ……バカ……!!」

　近くにあった枕を投げてるし。

　でも、そんなの俺に当たらないよ。

　そんなことしてる間に、俺に迫られてることもっと自覚
したらいいのに。
「恥ずかしがらなくても昨日ぜんぶ見たからいいよ？」
「よ、よくない……っ！」
「はいはい。じゃあ、俺と朝の露天風呂愉しもうね」
　別に恥ずかしがることでもないのにさ。

「むりぃ……このままお湯に溺れたい……っ」
「何言ってんの。ほら、朝日が綺麗だねー」
　お互いバスタオルを巻いて、ゆっくりとお湯に浸かる。
　せっかく朝日を見ながら露天風呂に入ってるのに、緋羽
ちゃんは相当恥ずかしいのか顔を隠してるし。
　ほんとは真っ正面から抱きしめて入りたかったけど、緋
羽ちゃんが嫌だって駄々こねるし。
　まあ、これでもう二度と俺とお風呂入らないとか言われ
たら悲しいからね。
　仕方なく俺が折れて、後ろから抱きしめてる状態。
「朝から露天風呂っていいねー」
「先輩が一緒なのむり……っ」
「はいはい。俺の彼女は恥ずかしがり屋さんだもんねー」
「うぅ……」
　ってか、俺が一緒なの無理って地味に傷つくじゃん。
　それなら俺もちょっとイジワルしちゃうよ。
「ひゃっ……な、なんですかっ」
「んー。もっと緋羽ちゃんのこと抱きしめたいなーって」

　さらに密着してみると、小さな身体がピクッとわずかに
跳ねてる。
「あの、手の位置……ダメ……っ」
「どこがダメなの？　教えて」
　恥ずかしがってる姿見るとゾクゾクする。
「そんなイジワルばっかり言わないで……っ」
　うわ……今のずるいって。
　首だけくるっと俺のほうに向けて、真っ赤な困った顔で
瞳うるうるさせるとか。
「だって、緋羽ちゃんが可愛すぎるから」
　つい我慢できなくて、やわらかい唇に自分のを重ねた。
　触れるだけで、少ししてから離すと。
　またさらに頬を真っ赤にしながら。
「先輩の熱でおかしくなっちゃう……」
　あー……この子、恥ずかしがってるくせに、いちいち理
性崩しにかかること言うからほんと困る。
　今は手出さないって決めてるから、なけなしの理性をつ
なぐけど。
　もっと強く抱きしめると、肌がピタッと密着する。
　大切にしないと壊れちゃいそうなくらい華奢な身体で、
俺の欲をぜんぶ受け止めてるんだって。
　そう考えたら、もっと大切にしないといけない。
「身体、平気？」
「え、あっ、ちょっと重たいくらいです」
「そっか。無理させてごめんね」

「だ、大丈夫です。恥ずかしかったけど……先輩が優しくしてくれたから、すごく幸せです……っ」

っ……この子は俺のことどうしたいの。

恥ずかしがったり、急に心臓えぐるレベルで可愛いこと言ってきたり。

「はぁぁぁ……男って苦労する生き物だね」

「っ……？」

「俺もすごく幸せだったよ」

いっそのこと、俺と緋羽ちゃんだけしかいない世界になればいいのに。

そんなこと考えるくらい……緋羽ちゃんの可愛さに溺れてる。

冬休みが明けたある日。

面倒なことに、実家にいる母親から呼び出しを食らった。

最近まったく家に帰っていなかったから、久しぶりに顔見せなさいってしつこく電話くるし。

俺も暇じゃないんだけどなー。

可愛い彼女をひとりにしておけないし。

かといって、緋羽ちゃんを実家に連れて行くと俺の母親うるさいタイプだから、根掘り葉掘りいろいろ聞いてくるだろうし。

少し顔出してさっさと帰るはずだったんだけど。

完全に失敗した。

「ちょ、ちょっと透羽!! この可愛い子誰なの!?」

　スマホをテーブルの上に放置していたせい。

　一瞬、何かの通知が来て画面が光ったのを、母さんは見逃さなかった。

　なんでこんなキャーキャー騒がれてるのかって。

　スマホのロック画面を、緋羽ちゃんの写真にしてたから。

「やだやだ、ものすごく可愛い子じゃない！」

「いや、可愛いけど。俺しか見ちゃダメなやつだし」

「もしかして彼女⁉」

「だったら何。ってか、俺の可愛い緋羽ちゃんだから、あんま見るの禁止」

　母さんの手からスマホを奪い取ると。

「え〜、それなら今日連れて来てくれたらよかったのに〜！お母さんにも緋羽ちゃん紹介してよ！」

　ほんと母さんのテンションにはついていけない。

　しかも、いちいち距離が近いし。

　そのせいで、母さんがつけてる香水の匂いが俺にまで移りそう。

　この調子だと、まだ帰れそうにないし。

　緋羽ちゃんに帰りが遅くなる連絡──って、うわ最悪。

　今この瞬間スマホの電池切れたんですけど。

　さっさと帰りたいのに、母さんに捕まってまったく帰れそうにないし。

　──で、結局寮に帰ってきたのは少し遅い時間。

　緋羽ちゃんひとりで大丈夫かな。

　なんだかんだ寂しがり屋だし。

　寮の部屋の扉を開けると。

　何やら奥のほうからドタドタ音がして、それが近づいてきてる。

　まさか緋羽ちゃんに何かあったんじゃ。

　慌てて部屋の中に入ると。

　いきなり緋羽ちゃんが俺の胸に飛び込んできてびっくりした。

「緋羽ちゃん、どうしたの？」

　優しく聞くと、さらにギュッてして。

「なんで、今日帰ってくるの遅かったの……？」

　少し声が震えてるし、ひとりで不安で寂しかったんだって一瞬で察した。

「ちょっと寄るところあって」

　なだめるように背中を優しくポンポンすると、小さな手が俺の手をキュッとつかんできて。

「ごめんね。ひとりにして」

「ひとりで寂しかった……っ」

　あぁ……不謹慎かもしれないけど、やばいこれ可愛すぎない？

　俺がそばにいないだけで、緋羽ちゃんはこんなに寂しがってくれるんだって。

　いつもは、俺が一方的に求めてばかりだから。

　なんて、呑気なことを考えていられたのはここまで。

　緋羽ちゃんが急に何かに反応するように、俺からスッと距離を取った。

　おまけに下を向いて黙り込んだまま。

　俺が触れようとしたら、それを拒否するし。

　顔を見なくても、なんとなくわかる。

　今ぜったい不安そうな、泣きそうな顔してる。

　だけど、何が原因でそうなってるのかわからない。

　不意をついて、緋羽ちゃんの顔をすくいあげるように覗き込むと。

「……っ」

　あぁ、やっぱり。すでに大きな瞳に涙がいっぱいたまっていた。

「どうして泣いてるの？」

　緋羽ちゃんに泣かれると、これでもかってくらい不安になる。

　下唇をギュッと噛みしめてるから、言いたいことあってもうまく言えないのかもしれない。

　無理やり聞くようなことはしたくないけど、もし俺が原因で泣いてるならきちんと話聞きたいし。

「緋羽ちゃん？」

「わたしの、透羽先輩なのに……っ」

　ボソッとつぶやいた声を聞き逃さなかった。

　どういうことか聞こうとしたら──かなりびっくりしたことが起こった。

　俺のネクタイをグイッと引っ張って、緋羽ちゃんがキスしてきたから。

　いきなりすぎて目を見開いて固まってると。

「もう、わたしのこと飽きちゃった……？　他の女の人の
ほうがいいの……っ？」

　え、ちょっと待って。俺が緋羽ちゃんに飽きることなん
て一生ありえないし、他の女の人ってどういうこと？

「先輩のそばにいるの、わたしじゃダメになっちゃった
の……っ？」

「どうしてそう思うの？」

　俺は、こんなに緋羽ちゃんしか見てないのに。

　まさか、また誰かに何か言われたんじゃ。

「こんな遅い時間まで連絡もないし、どこ行ったかもわか
んなくて……。それに、いつもの先輩と違う……香水の匂
いするから……っ」

　香水？　あー、たしか母さんがきつい香水つけてたっけ。

　匂いが移りそうだと思ったけど。

　まさか、この香水が原因で俺が他の女のところで遊んで
たとか思われてる？

　いや、だとしたらかなりまずい。

　すぐに誤解を解かないと。

「緋羽ちゃん待って。俺の話聞いて」

　可愛い彼女をこんなに不安にさせて泣かせるなんて、彼
氏として失格じゃん。

　小さな手をギュッと握って、目線をしっかり合わせる。

「まずね、俺は緋羽ちゃんじゃなきゃダメだよ。一生離す
つもりもないし、緋羽ちゃんが思ってる以上に俺は緋羽
ちゃんに夢中だよ」

「でも……っ」

「この香水の匂いは、俺の母親のやつ。ごめんね、最初から実家に帰ってるって言えばよかったね」

「先輩のお母さん、ですか」

「そう。会いに来いってずっと言われてて。少し顔出したら帰るつもりだったんだけど、なかなか帰れなくてさ。スマホの電池も切れたから、緋羽ちゃんにも連絡できないし。ごめんね、不安な思いさせて」

　不安にならなくて大丈夫だよって、安心させるように優しく抱きしめると。

「わたし男の人と付き合ったことなくて、先輩しか知らない……から。こんなにヤキモチ焼くのも、ドキドキするのも先輩だけで」

「それでいいんだよ。もっと、もっと……俺のこと考えて夢中になれば」

　他の男のことなんか知らなくていい。

　一生俺しか知らなくていいよ。

「今もこんなに夢中なのに……っ？」

「緋羽ちゃんは一生俺だけに愛されてればいいの」

　この先、何があっても手離さないって決めてるから。

　他の男になんて死んでも渡さない。

　緋羽ちゃんのぜんぶ、俺のものだから。

嫉妬うずまくバレンタイン。

「ひーうちゃん。怒ってないでこっちおいで」

「やだ……透羽先輩なんてもう知らない……っ」

　今日は2月14日、バレンタインデー。

　ほんとなら、わたしも透羽先輩にチョコをあげる予定
だったのに。

　今わたしはプンプン怒ってる。

　そんなわたしのご機嫌を、透羽先輩が必死に取ろうとし
てる。

　そもそも、どうしてわたしが怒ってるのかというと。

　それは、今日の朝までさかのぼる。

「緋羽ちゃん、今日は何の日でしょうか？」

「バレンタインです」

「へぇ。てっきり緋羽ちゃんのことだから、知りませんと
か言うかと思った」

　1年に一度、女の子にとってビッグイベントと言っても
いいくらいのバレンタインデー。

　ここ1週間、クラス……いや、学園はこの話題でもちき
りで、女の子たちはみんなすごく張り切ってる。

　もちろん、意中の相手にチョコレートをあげるのが目的
なんだろうけど。

「どうしたの？　そんな頬ぷくっとさせて」

　透羽先輩にチョコレート渡したい女子ぜったい大量にい

るもん。

　わたしだって、ちゃんと用意したけど……！

　たくさんのチョコに埋もれちゃうのやだって。

　でも、いちばんは——。

「……っと。急に抱きついてきてどうしたの」

　本音を言うなら、他の子からチョコを受け取ってほしくない。

　先輩がモテちゃうの仕方ないし。

　こんなわがままダメだし。

　いろんな考えに挟まれてる……。

　はっ……だったら、いっそのこと先輩が今日休んじゃえばいいのでは……！

　よからぬ考えが浮かんでしまう。

「先輩、今日お休みしませんか」

「どうして？　もしかして俺と離れるの寂しい？」

　うぅ、それもあるけど……！

「寂しいって言ったら、今日ずっと一緒にいてくれるんですか？」

　ほんとはダメだよ、ずるして休むなんて。

　ましてや理由が不純すぎるもん。

「今日の緋羽ちゃんは珍しく甘えん坊だ？　そんなに俺と一緒にいたいの？」

　コクッとうなずくと。

「甘えてもらえるのうれしいけど、なんか心配になっちゃうなー。緋羽ちゃんが素直すぎると」

　むっ、何それ失礼ですよ先輩。

　わたしいつも素直なのに。

「どうしよっか、このままふたりでさぼる？」

　うぅ……できることならそうしたいけど……！

　でも、やっぱり理由が理由だから、そんなのでさぼるのはよくないような。

　グルグル葛藤した結果。

「やっぱり休むのダメ、です」

「言うと思った。緋羽ちゃん真面目だもんねー」

「お、怒らないんですか？」

　こんなわがままに振り回しちゃってるのに。

　なんでか先輩は楽しそうに笑ってる。

「全然。ってか、俺今日上機嫌いいからね」

「なんで、ですか？」

「緋羽ちゃんからチョコもらえるの楽しみにしてるんだけどなー」

「先輩甘いの好きでしたっけ」

「そんなに好きじゃないけど。緋羽ちゃんからもらえるのがうれしいんだよ」

　心臓がちょっとおかしな動きした。

　だって、ずるい……。うれしそうな顔して、そんなこと言うの。

「他の女の子も、きっと先輩にチョコ渡しますよ」

「緋羽ちゃんのしか受け取るつもりないのに」

　さっきまでモヤモヤしてたくせに。

　今ので全部吹き飛んでいっちゃう単純さ。

　先輩のことだから、笑顔でホイホイ受け取っちゃうかと思ったのに。

「彼女のチョコだけもらえれば充分でしょ？」

「っ……」

　やっぱり、透羽先輩はいつもわたしが欲しい言葉をちゃんとくれる。

　浮かれた気分のまま学園へ。

　教室に着いてみると、女子の皆さんばっちり準備してきてるではないですか。

　しかも、今日はなんとバッドなことに。

「えっ、家庭科の調理実習でチョコレート作るの!?」

「う、うん。たしか先生がそう言ってたような」

　いま真白ちゃんからとんでもないこと聞いちゃったよ。

　なんでも、今日家庭科の授業があるクラスはみんな特別にバレンタインだからって、チョコを使ったお菓子を作るんだって。

　はぁぁぁ……これじゃ、女子の皆さんのやる気に拍車（はくしゃ）がかかってしまうじゃないですか。

　なんで家庭科の授業でバレンタインのチョコを作るの！

　ただでさえ透羽先輩モテるし、チョコ渡す女子たくさんいるのに。

　これじゃ、透羽先輩の争奪戦（そうだつせん）みたいなのになっちゃう。

　そして案の定（あんじょう）——調理実習が終わって迎えた放課後。

「今日の調理実習で作ったやつ誰に渡す!?」

「えー、そりゃ透羽先輩でしょ!」

「やっぱり!?　透羽先輩なら笑顔で受け取ってくれそうだよね〜!」

　あぁぁぁ……この会話今日いろんなところで聞いたんですけど……!

「ねぇ、今から透羽先輩のクラス行かない?　チョコ渡したいじゃん」

「あっ、いいね〜!　ほんとは神結先輩にも渡したいけど〜。彼女いるもんね〜勝ち目ないし!」

　はぁ、また別のほうからも聞こえるよぉ……。

　ってか、透羽先輩も彼女いますけど!　勝ち目あるから眼中になしですか!?

　くぅ、透羽先輩の人気をあなどっちゃいけなかった。

　これは早いところ一緒に寮に帰らないと!

　急いで教室を飛び出して、待ち合わせてる下駄箱へ。

　いつもなら透羽先輩のほうが先にいるのに、今日はまだ来てなくて。

　その代わり、なぜか外のほうで異常なくらい女の子がキャーキャー騒いで誰かを囲ってるのが見える。

　もう……ぜったいそうじゃん、あんなの。

　中心にいたのは、言うまでもない透羽先輩で。

　みんな目をハートにして、透羽先輩に夢中になってる。

　透羽先輩がモテモテなのは知ってるもん。

　だけど、たくさんの女の子に囲まれてるのは、見てい

い気しない。

　自分の心が狭すぎて嫌になっちゃう。

　モヤモヤ再発動で、透羽先輩に声をかけられなくて、ひとりで寮に帰ってしまった。

　ベッドに乗って、クッションを抱えたまま頭から布団をかぶる。

　たぶん、透羽先輩はチョコもらうの断ってたと思う。

　遠めからだったけど、ちょっと困った顔をしてたように見えたから。

　前に透羽先輩の帰りが遅かったときもそうだけど。

　わたしぜったい独占欲強い……。

　だって、自分以外の女の子が透羽先輩に近づくの、やだって思っちゃうもん。

　欲張り、心狭い……こんなのじゃ呆れられちゃう。

　しばらくして、慌てた様子の透羽先輩が帰ってきた。

「緋羽ちゃん！　帰って来てる？」

　焦った声で部屋に飛び込んできたから、布団からひょこっと顔を出すと。

「緋羽ちゃんのこと待ってたけど来ないし、連絡も取れなかったし。帰ってきてたならよかった」

　あぁ、顔出さなきゃよかった。

　今にも泣いちゃいそう。

　だって、透羽先輩の両手にはチョコレートがいっぱい。

　ヤキモチ大爆発。

　透羽先輩が優しいのは知ってる。

　きっと、断っても押し切られちゃって仕方なく受け取っちゃって。それを捨てることだってできないし。

　こんなことになるなら、朝いちばんにわたしが渡せばよかった。

　これじゃ、たくさんのチョコに埋もれちゃう。

　それがやだって思うのも、わがままになるの……？

「緋羽ちゃん？　どうしたの、こっちおいでよ」

「やだ……っ、わたし怒ってるもん」

　こんなヤキモチ焼いて、一方的にプンプンしてるだけでほんとに可愛くない。

「どうして怒ってるの？　ちゃんと話してくれないとわかんないよ？」

「チョコ……たくさんもらってる」

「あぁ、これね。断ったんだけど、押し切られちゃって」

　やっぱり。わかってても、やっぱり嫌でモヤモヤしちゃうのは、わたしの心がめちゃくちゃ狭いから。

「ごめんね。緋羽ちゃんのだけ受け取りたかったのに」

　先輩は悪くないのに。

　ただ、わたしが勝手にヤキモチ焼いてるだけ。

　言葉にしないようにしてたのに、先輩が優しいからぜんぶ出てきちゃう。

「透羽先輩はわたしのなのに……っ。女の子みんな透羽先輩にチョコ渡すって張り切ってて、それがすごく嫌で……」

　こんなこと言って、ぜったい引かれちゃう。

「ほんとは、わたしのチョコだけ受け取ってほしかったの

に、結局他の子に先越されちゃってモヤモヤして……。ご
めんなさい……っ、こんなわがままなことばっかり言って」

　それくらい我慢しなよって、仕方ないでしょって言われ
ちゃう。

　しばらく先輩が黙り込んだから、呆れて何も言えないの
かなって。

　するとベッドが軋む音がして、ふわっと抱きしめられた。

「はぁぁぁ……可愛い、ほんと可愛い」

「え……っ？」

「それってヤキモチ焼いてるってことでしょ？　可愛すぎ
るよ緋羽ちゃん」

「なんで……っ？　ヤキモチうっとうしくないの……？」

「緋羽ちゃんからのヤキモチなら大歓迎だよ」

　声のトーンが、ものすごくうれしそう。

　予想してたリアクションと違いすぎて、拍子抜けしちゃう。

「うれしいなー、緋羽ちゃんが妬いてくれるなんて」

「うぅ……モヤモヤして、やなのに……っ」

「でもね、妬かなくてもいいよ。だって、俺こんなに緋羽ちゃ
んしか見てないのに」

　愛おしそうな瞳で見つめて、やわらかく笑いながら優し
いキスを落としてきた。

「俺の愛は伝わってませんか？」

「っ……」

「俺はこんなに緋羽ちゃんに溺れてるのに」

　透羽先輩の言葉は魔法みたい。

　不安も、モヤモヤも、ヤキモチも──ぜんぶ取り除いて
くれるから。
「ご機嫌直してくれましたか、お姫さま？」
　コクッとうなずいて、ギュウッと抱きつくと同じくらい
の力で抱きしめ返してくれた。
「それじゃ、緋羽ちゃんのチョコ俺にくれる？」
「うぅ、あげます……っ」
　チョコが入った箱を渡すと、うれしそうに受け取ってく
れた。
「あ、あんまりクオリティ高いの期待しちゃダメですよ」
「緋羽ちゃんからもらえることに意味があるんだよ。あり
がとう」
　先輩は甘いのあんまり得意じゃないから、箱の中に入っ
てるのはビターチョコ6つ。
　先輩は箱を開けてから、ジーッとチョコを見てる。
　すると、何か思いついたのかニッと笑って。
「ねぇ、これ緋羽ちゃんが食べさせて」
　さっきからわたしがわがまま言ってばかりだし、食べさ
せてあげるくらいなら。
　チョコをひとつ手に取ろうとしたら。
　先輩の指先が、わたしの唇に軽く触れて。
「指じゃなくて口でしょ」
「へ……っ」
「緋羽ちゃんの可愛いお口で食べさせて」
　先輩がチョコをひとつ手に取って、わたしに食べさせて

きた。

「お口って……んんっ」

　チョコが口に入ったままキスされて、唇に意識が持って
いかれちゃう。

「キスしててあげるから。早くそのチョコ俺にちょうだい」

「どう、やって……っ」

「口あけて……ね」

　誘うように舌先で唇を舐めてきて、口をこじあけようと
してくる。

　いつもなら、そのまま熱が入り込んでくるのに。

「俺からはしないよ」

「ふぇ……っ」

「緋羽ちゃんからして」

　ほんのりビターが広がって、口の中の熱で少しずつ溶け
てきてる。

　口あいたまま、ただ唇が触れるだけのキスの繰り返し。

　チュッと音を立てて吸ったり、唇を軽く舐めてきたり。

　でも、それより深いキスは先輩からしてくれない。

「ねぇ……緋羽ちゃん、まだ？」

「んぅ……ふっ」

「ほら舌出して」

　痺れを切らしたのか、ちょっとだけ先輩の舌が口の中に
入ってきた。

「もうだいぶ溶けちゃってるね」

　チョコの味が口いっぱいに広がって。

　先輩の熱がさらに深く入り込んできた。

「ほら、緋羽ちゃんも絡めて」

「んんぅ……」

　結局、キスの主導権が逆転した。

　チョコの苦さと反対に、キスがとびきり甘くて、熱でどんどん溶かされていく。

「でもさ、俺はやっぱり甘いのが好きかな」

「甘いのって……？」

「言わなくてもわかるでしょ」

　キスしながら器用にわたしの制服のボタンを外して、ヒヤッと冷たい空気が肌に触れる。

「ブラウスのボタン外すよ」

　力が入らなくて、されるがままブラウスから腕をスルッと抜かれちゃった。

　キャミソール1枚だけになって、身体がゆっくりベッドに倒されて。

「甘いの病みつきになる」

　先輩が真上に覆いかぶさってきて、自分の唇をペロッと舐めながら。

「俺が満足するまで、甘いのたくさんもらうから」

　軽く触れるだけのキスを唇にして、そのまま下に落ちて首筋にもキスをして。

「甘い匂いたまんないなー……」

「んっ、くすぐったい、です……っ」

「またそんな可愛い声出して」

　先輩の舌が首筋に触れて、そこだけがジンッと熱い。

　八重歯がチクリと刺さって深く入り込んで。

　唇をピタッとくっつけて血を吸ってる。

「はぁ……っ、甘すぎ。こんなの理性保つの無理……」

　全身から何か吸い取られていくみたいに、どんどん身体の力が抜けていっちゃう。

　次第に頭がふわふわとして、何も考えられないくらいボーッとして。

「まだ、飲むの……っ？」

「ん……甘くて止められない」

　うまく抑えがきかないのか、噛んでからずっと血を吸ってる。

　吸血欲が収まらないとき……とっても危険。

　きっと、これだけじゃ先輩は満足してくれない。

「このまましよっか」

「す、するって……」

「激しくしないようにするから。ばてちゃダメだよ？」

「っ……」

　ヤキモチばっかりのバレンタインのはずが。

　気づいたら、とても甘いバレンタインに変わってました。

幸せなサプライズ。

　月日が流れるのは、ほんとに早くてあっという間に春を迎えてしまった。

　明日、３月１日——ついに透羽先輩が卒業しちゃう。

　卒業しても契約は解除されない。

　だけど、今みたいに一緒にいることはできない。

　透羽先輩は卒業したら今いる寮を出ないといけない。

　全寮制なのは高校まで。

　紅花学園は大学もあって、透羽先輩はそこに進学が決まってる。

　大学も高校と同じ敷地内にあるから、会おうと思えば会える……けど。

　こうして、同じ部屋で毎日過ごすことはできなくなっちゃう。

　だから、今日が寮の部屋で透羽先輩と過ごす最後の夜。

　少し早めにふたりでベッドに入った。

「こんな可愛い緋羽ちゃんを残して卒業なんて心配だなー」

「じゃあ、留年してください」

「できることならそうしたいけど」

　わたしが透羽先輩と同い年だったらよかったのに。

「うぅ……でも、やっぱり留年はダメです」

「ははっ、緋羽ちゃんは真面目だね」

　隙間がないくらいピタッと先輩に抱きつくと、ちゃんと

抱きしめ返してくれる。

　先輩の体温はやっぱり落ち着くなぁ。

　こうしてもらえるのも今日が最後なんだって思うと、寂しくて胸がちょっと苦しくなる。

　毎日当たり前のようにそばにいてくれた先輩が、明日からいなくなっちゃうなんて。

　わたし寂しくて耐えられないんじゃ。

「先輩……何もしないの……っ？」

「してほしいの？」

「だって、いつもキスとかするのに」

「いま緋羽ちゃんのこと抱いちゃったら、朝まで求め続けちゃうよ」

「せ、先輩となら朝まででいいもん」

「甘えたがりすぎて心配になっちゃうな。そんなに俺と離れるの嫌なんだ？」

「やだ……っ」

「素直すぎて困ったね」

　今日はわがままがたくさん出てきちゃう。

　やっぱり、わたしは子どもっぽくて全然大人になれない。

「でもね、今日は何もしないよ。抱きしめるだけ。俺がそうしたいの」

　こういうとき、先輩はやっぱり年上なんだって思うの。

　包容力があって、わたしが不安になってるのもぜんぶ受け止めてくれるから。

「できることなら、ずっとこうしてたいけど」

「わたしも明日卒業する……っ」

「無茶なこと言う緋羽ちゃんも可愛いなー」

　今からこんな調子じゃ、明日の卒業式ちゃんと先輩を送り出すことができない。

「大学に行って綺麗なお姉さんと浮気しちゃダメですよ……っ」

「しないよ。俺にはこんなに愛おしくてたまらない緋羽ちゃんがいるのに」

　わたしは、そんなに変わらない環境であと2年もしないと卒業できないのに。

　先輩は大学に行ったら、環境もガラッと変わるだろうからいろいろ不安になっちゃう。

「緋羽ちゃんこそ、俺以外の男に無防備なとこ見せちゃダメだよ」

「透羽先輩だけだもん……っ。他の男の子なんて、全然興味ないもん……」

「あーあ……今の、この学園にいる男全員に聞かせてやりたいくらいだよ」

　フッと笑って、ただ触れるだけのキスが落ちてきた。

　この日の夜は、これでもかってくらい先輩に抱きついて眠りに落ちた。

　翌朝——。

　外は卒業式にふさわしい晴天。

「ひーうちゃん。そんな寂しそうな顔しないで」

「ぅ……」

　朝起きてからも、時間の許す限り透羽先輩にギュッてしてもらったのに。

　やっぱり離れるのやだって思っちゃう。

「卒業式終わったら、ふたりで過ごす時間もあるから」

「ぜったい一緒に過ごすって約束してくれますか？」

「うん、もちろん。春休みも毎日緋羽ちゃんに会いに行くよ」

「ほんと、ですか？」

「俺が緋羽ちゃんに会いたいから」

　わたしのわがままぜんぶ聞いてくれて、とことん甘やかしてくれる。

「ねぇ、緋羽ちゃん。俺のお願いひとつ聞いてくれる？」

「……？」

「今日は緋羽ちゃんがネクタイ結んでくれますか？」

「え、あっ、もちろんです」

　そういえば、ネクタイ結んであげるの初めてかも。

　先輩にちょっとかがんでもらって、しばらくお互い喋ることないまま。

　人のネクタイ結ぶのって難しい。

　慣れない手つきで進めて……最後にキュッと結ぼうとしたけど。

「どうしたの？」

「これ結ばなかったら、先輩卒業式出られなくなる……？」

　寂しくても我慢しなきゃいけないのに。

　ここまできて往生際悪すぎるよぉ……。

「やっぱり俺に卒業してほしくないんだ？」

「だって寂しい……っ」

　せっかく先輩の門出をお祝いする日なのに。

　こんなわがまま言うの違う。

　もうこれ何回繰り返してるの。

「ん、おいで。ギュッてしよっか」

　こんなにわがままばっかりなのに、先輩は全然怒ったりしない。

「俺もね、すごく寂しいよ。できることなら、ずっと緋羽ちゃんと一緒にいたいよ」

「っ……」

「今はどうしても離れることしかできないけど。俺たちが大人になるまでもう少し我慢かな」

　先輩の言うこと何ひとつ間違ってない。

　ちょっと我慢したらいいのに、それができないのはわたしがまだまだ子どもだから。

「緋羽ちゃんが寂しがり屋なの俺がいちばん知ってるから。今みたいにずっとそばにいてあげることはできないけど、寂しくなったらいつでも会いに行くって約束する」

　わたしが不安にならないように、寂しくならないように、たくさん言葉をくれる。

「だから緋羽ちゃんには笑っててほしいな。いつもの明るくて無邪気な緋羽ちゃん見せて」

「なんで先輩そんなに優しいの……っ」

「彼女に優しくするのは当然でしょ。ほら、もうそろそろ

出ないと遅刻しちゃうよ」

　こうして透羽先輩とふたり寮の部屋を出た。

　始業のチャイムが鳴ると、在校生はすぐに卒業式が行われるホールへ移動。

　しばらくして、卒業生が入場してきて式が始まった。

　卒業式の答辞は神結先輩が読んでいた。

　お世話になった先輩たちも、みんな卒業していっちゃうんだ。

　あとで3年生の教室に行って、神結先輩と恋音先輩にありがとうございましたって伝えに行かないと。

　こうして卒業式は無事に幕を閉じた。

　教室に戻るとホームルームがあって、在校生はそのまま解散……のはずなんだけど。

　みんな3年生の教室へダッシュ。

　完全に乗り遅れてしまった……。

　この調子だと、3年生の教室から廊下まで在校生であふれかえってそう。

　そして、案の定……3年生のフロアの廊下が卒業生、在校生でいっぱいになっていた。

　神結先輩と恋音先輩に挨拶したかったけど、これだけ人が多いと無理そうかな。

　また後日、透羽先輩を通して会うこともできるから、そのときにあらためて伝えよう。

　透羽先輩とは中庭で会う約束をしてる。

　約束の時間よりちょっと早く着いちゃったので、ベンチに座って待つことに。

　ひとりボーッと空を眺めていると。

「失礼いたします。小桜緋羽さんでよろしかったですか」

　急に目の前に現れた黒スーツの女の人たち。

　学園の人……ではなさそう。

「え、あっ、そうですけど」

「では、このままお連れいたしますね」

　えっ、な、なにごと!?

　というか、あなたたち誰ですか!?

　説明もなしに、わたしのことどこかに連れて行こうとしてるし！

　このあと透羽先輩と一緒に過ごす予定なのに、まさかの誘拐ですか!?

「えっ、ちょっと待ってくださ――」

「申し訳ございません。少々時間が押しておりますので」

　なぜか黒スーツの女の人たちに、強制的に車に乗せられてしまった。

　えぇ……何この展開……。

　これってやっぱり誘拐……？　にしては、堂々とやりすぎでは？

「もうしばらくしたら着きますので」

「は、はぁ……」

　目的地まったく教えてもらえないんですか。

　もうこれ何がどうなってるの。

　おとなしく30分ほど車に揺られて、とある場所に到着。
　……したかと思えば。
「えっ、なななんですか！」
　いきなり目隠しのようなものをされて、視界を完全に
シャットダウンされた。
「あまり暴れないでいただけると助かります」
　いや、じゃあ状況の説明を……って、今度は誰かに抱っ
こされてるし！
「このまま場所を移動いたします。しばらくアイマスクを
つけたままでお願いいたします」
　な、なんなのこれ……。
　わたし悪の組織か何かに捕まっちゃったの？
　結局、透羽先輩に会えてないままだし。
「少しお洋服のほう失礼いたしますね」
「ひゃっ、なななんですか！」
　少しとか言いつつ、がっつり脱がされそうな感じなんだ
けど！
「大丈夫です。すぐに終わりますから」
　うぅぅ……なにこれわけわかんないよぉ……。
　何人かに囲まれて制服を脱がされてから、何か着せられ
たけど肩のあたりスースーしてるし。
　なんか足元はふわふわしたチュールの素材みたいなもの
があたってる。
　視界を塞がれてるせいで、何が起きてるのかいまだによ
くわからないまま。

「そのまま立ち上がって、こちらに歩いていただけますか」

　なんか身体が重くなったような気がするんですけど。

　というか着てるものが重たいような。

「うわっ……！　んぎゃ！」

　おまけに立ちあがってみたら、ものすごく高いヒールのようなものを履かされていて、ふらつくし。

「大丈夫ですか。少々歩きづらいかもしれませんが、辛抱してください」

　えぇ……。この期に及んで、なんの説明もなしですかぁ……。

　結局、わけもわからず視界を塞がれたまま、手を引かれて少し歩かされて。

　何かの前に立たされて、扉が開いた音がする。

　今度はいったい何が起こるの？

　その瞬間、アイマスクが取られて──視界がパッと明るくなった。

　真っ先に目に飛び込んできたのは、光り輝く色とりどりのステンドグラス。

　そして、いちばんびっくりしたのは。

「えっ……何このドレス」

　真っ白のウエディングドレスに身を包んでいて、視界にゆらゆらウエディングベールも映ってる。

　え、えっ……？　この状況いったいどうなってるの？

　それに、ここってもしかして教会？

　わたしの頭の中、大パニック発生中。

　さらに、教会のいちばん奥に人影が。

「やっと来たね。おいで、緋羽ちゃん」

　なんとびっくり……タキシード姿の透羽先輩がいるではないですか。

「な、なんですかこれ」

「俺と緋羽ちゃんの結婚式？」

「えぇ……っ!?」

　何もかも突然すぎて全然ついていけない……！

「ほら、早く俺のとこおいで」

　慣れないウエディングドレスで、先輩が立ってる祭壇のほうへ。

「ドレスすごく似合ってるね」

「せ、先輩もタキシード姿すごくかっこいいです、王子様みたいです」

「じゃあ、緋羽ちゃんは本物のお姫さまだ」

　クスッと笑って、手に隠し持っていたシロツメクサのブーケを渡してくれた。

「せっかくだから、結婚式のリハーサルやってみようかなって」

「えぇ……そんな軽いノリだったんですか」

「でも、緋羽ちゃんこういうの好きでしょ？」

「す、好きですけど」

　いつか真っ白のウエディングドレスを着て、バージンロードを歩くの夢だったけど。

　まさか、こんな早くに叶っちゃうとは。

「まあ、これは予行練習みたいなものだから」

「予行練習……ですか？」

「本番は俺と緋羽ちゃんがもっと大人になってからかな」

　さっきまで、ちょっとおふざけしてたかと思えば急に真剣な顔をして。

　わたしの両手をしっかり握って、お互い向き合うかたちになった。

「俺の今の気持ち、緋羽ちゃんに伝えようと思って。聞いてくれる？」

　コクッとうなずくと先輩がゆっくり話し出した。

「俺ね、緋羽ちゃんのことすごく好き」

　何を言われるのかと思って、ちょっと構えちゃったけど、あまりにストレートすぎて。

「緋羽ちゃんは俺にとってすごく大切で、かけがえのない存在だから」

　それを言うならわたしだって。

　透羽先輩のことすごく大切で、だいすきで。

　離れちゃうのがこんなに嫌だって思うくらいなのに。

「今は不安で寂しいことばかりかもしれないけど」

　まるでおとぎ話に出てくる王子様みたい。

　わたしの左手をスッと取って、薬指に軽くキスが落ちてきた。

「いつか、俺が緋羽ちゃんのこと迎えに行くって約束するから——予約してもいい？」

　キスしただけ……かと思ったら、少しだけチクッと痛く

て、ちょっと噛まれてる。

「プロポーズみたいじゃないですかぁ……っ」

「みたいじゃなくてプロポーズだよ」

　うぅ……こんなサプライズ聞いてないよぉ……。

　びっくりしたのと、うれしい気持ちで自然と涙があふれてきちゃう。

　ほんとは卒業したら離ればなれになっちゃうかもって不安だった。

　でも、それをぜんぶなくすくらい──幸せなサプライズに胸がいっぱい。

「ちゃんと俺のだって痕残したから」

　薬指に真っ赤な痕が刻み込まれてた。

　まるで、これが指輪みたいで。

「これからもずっと緋羽ちゃんのそばにいてもいいですか？」

「も、もちろんです……っ。わたしも透羽先輩のそばにいたいです……っ」

　視界が涙でいっぱい。

　泣きながら透羽先輩の胸に飛び込んだ。

　ずっと探していた理想の王子様──運命の相手はやっぱり透羽先輩だった。

　こんなにも、ずっと一緒にいたいと思うのは透羽先輩が最初で最後だと思うから。

　これからも不安になることもたくさんあるかもしれないけど。

　透羽先輩となら、どんなことでも乗り越えていける気が
するから。
「俺の心は、今もこれからもずっと──緋羽ちゃんだけの
ものだよ」
　最後に、とびきり甘いキスが落ちてきた。

＊End＊

あとがき

☆ afterword

いつも応援ありがとうございます、みゅーな**です。

この度は、数ある書籍の中から『吸血鬼くんと、キスより甘い溺愛契約～チャラモテなイケメン先輩が、私に一途な王子様になりました～』をお手に取ってくださり、ありがとうございます。

皆さまの応援のおかげで、15冊目の出版をさせていただくことができました。本当にありがとうございます……！

今回のシリーズ第3弾は、ちょっと女遊びが激しい透羽と、恋に憧れる素直になれない緋羽のふたりが繰り広げる、先輩×後輩のお話でした。

透羽みたいないろんな女の子と遊んでいた男の子が、一途になるのっていいなぁと（笑）。

なんだかんだ寂しがり屋の緋羽のためにわがまま聞いてあげちゃう甘い透羽も結構好きでした……！

緋羽は普段素直になれない分、素直になって甘えるときのギャップが気に入ってたりします……！

1巻の音季と真白、2巻の空逢と恋音を最終巻でも少し登場させることができて、シリーズ全3巻とても楽しく書くことができました！

　最後になりましたが、この作品に携わってくださった皆さま、本当にありがとうございました。

　シリーズ全３巻のイラストを担当してくださったイラストレーターのOff様。

　どの巻もとびきり可愛いイメージ通りのイラストを描いていただき本当にありがとうございました。

　Off様の描いてくださるイラストがだいすきなので、今回シリーズを担当していただけてすごくうれしかったです。

　デザインのほうも全３巻バラの可愛いデザインに仕上げていただき、大切な本がまた増えました。

　そして、ここまで読んでくださった読者の皆さま、本当にありがとうございました！

　シリーズのお話をいただいたときは書けるか不安でしたが、無事に３巻すべて書くことができました。

　たくさんの方の支えがあったからこそ、このシリーズを完結することができました。本当にありがとうございました。

　すべての皆さまに最大級の愛と感謝を込めて。

2022年１月25日　みゅーな＊＊

作・みゅーな＊＊

中部地方在住。4月生まれのおひつじ座。ひとりの時間をこよなく愛するマイペースな自由人。好きなことはとことん頑張る、興味のないことはとことん頑張らないタイプ。無気力男子と甘い溺愛の話が大好き。近刊は『吸血鬼くんと、キスより甘い溺愛契約』（シリーズ全3巻）など。

絵・Off（オフ）

9月12日生まれ。乙女座。O型。大阪府出身のイラストレーター。柔らかくも切ない人物画タッチが特徴で、主に恋愛のイラスト、漫画を描いている。書籍カバー、CDジャケット、PR漫画などで活躍中。趣味はソーシャルゲーム。

ファンレターのあて先

〒104-0031

東京都中央区京橋1-3-1

八重洲口大栄ビル7F

スターツ出版（株）書籍編集部 気付

みゅーな＊＊先生

吸血鬼くんと、キスより甘い溺愛契約
～チャラモテなイケメン先輩が、私に一途な王子様になりました～

2022年1月25日　初版第1刷発行

著　者　みゅーな＊＊
　　　　©Myuuna 2022

発行人　菊地修一

デザイン　カバー　粟村佳苗（ナルティス）
　　　　　フォーマット　黒門ビリー＆フラミンゴスタジオ

DTP　久保田祐子

編　集　黒田麻希　本間理央

発行所　スターツ出版株式会社
　　　　〒104-0031　東京都中央区京橋1-3-1　八重洲口大栄ビル7F
　　　　出版マーケティンググループ　TEL03-6202-0386
　　　　（ご注文等に関するお問い合わせ）
　　　　https://starts-pub.jp/
印刷所　共同印刷株式会社
Printed in Japan

ISBN　978-4-8137-1207-7　C0193